ARRISCAR O IMPOSSÍVEL
Conversas com Žižek

Slavoj Žižek e Glyn Daly

ARRISCAR O IMPOSSÍVEL
Conversas com Žižek

Tradução
VERA RIBEIRO

martins fontes
selo martins

O original desta obra foi publicado com o título
Conversations with Žižek
© 2004, Slavoj Žižek and Glyn Daly
This edition is published by arrangement with
Polity Press Ltd., Cambridge
© 2006, Livraria Martins Fontes Editora Ltda.,
São Paulo, para a presente edição.

Tradução
Vera Ribeiro

Preparação
Adilson Miguel

Revisão
Rodrigo Gurgel

Projeto gráfico e capa
Joana Jackson

Produção gráfica
Lívio Lima de Oliveira

Dados Internacionais de Catalogação na Publicação (CIP)
(Câmara Brasileira do Livro, SP, Brasil)

Žižek, Slavoj
    Arriscar o impossível – Conversas com Žižek / Slavoj Žižek, Glyn Daly ; tradução Vera Ribeiro. -- São Paulo : Martins, 2006. -- (Coleção Dialética)

    Título original: Conversations with Žižek
    Bibliografia.
    ISBN 85-99102-27-3

    1. Daly, Glyn 2. Filosofia 3. Filósofos - Eslovênia - Entrevistas
4. Žižek, Slavoj - Entrevistas I. Daly, Glyn. II. Título. III. Série.

06-2760   CDD-199.4973

Índices para catálogo sistemático:
1. Filósofos eslovenos : Entrevistas   199.4973

Todos os direitos desta edição reservados à
Martins Editora Livraria Ltda.
Av. Dr. Arnaldo, 2076
01255-000 São Paulo – SP – Brasil
Tel.: (11) 3116-0000
info@martinseditora.com.br
www.martinsmartinsfontes.com.br

Sumário

INTRODUÇÃO
Arriscando o impossível 7

CONVERSA 1
Abrindo o espaço da filosofia 33

CONVERSA 2
A loucura da razão: encontros com o Real 68

CONVERSA 3
Sujeitos da modernidade: a virtualidade e
a fragilidade do Real 101

CONVERSA 4
Tolerância e o intolerável: gozo, ética e evento 137

CONVERSA 5
Milagres acontecem: globalização(ões) e política 172

Bibliografia 207

Índice remissivo 209

Introdução
Arriscando o impossível

Glyn Daly

Uma anedota de Lacan narra um comentário casual feito por Freud a Jung. A convite da Universidade Clark, os dois psicanalistas viajaram aos Estados Unidos e, na chegada ao porto de Nova York, Freud apontou para a Estátua da Liberdade e disse: "Eles não sabem que lhes estamos trazendo a peste". No mundo de hoje, poderíamos dizer algo parecido sobre Žižek. Ou seja, no contexto dos chavões e da banalidade de uma cultura predominantemente pós-moderna, Žižek representa o equivalente filosófico de uma peste virulenta, ou talvez, atualizando a metáfora, um vírus de computador cujo objetivo é romper com as aparências cômodas do que se poderia chamar de matriz do capitalismo liberal global. Dando continuidade a uma certa tradição cartesiana, aquilo com que Žižek nos infecta é uma dúvida fundamental sobre os próprios pressupostos de nossa realidade social. Mas esse é apenas o ponto de partida de um compromisso ético-político muito mais amplo com um universalismo emancipatório radical, capaz de se opor à natureza cada vez mais proibitiva do capitalismo contemporâneo e a suas formas correspondentes de correção política e "multiculturalismo"[1].

O trabalho de Žižek tem estado na linha de frente do debate filosófico, político e cultural há mais de uma década. Da teoria da ideologia até a crítica da subjetividade, a ética, a globalização, o espaço cibernético, os estudos sobre cinema, o cognitivismo, a teologia, a música e a ópera, a influência de Žižek estende-se amplamente, e suas intervenções continuam a provocar controvérsias e a transformar nossa maneira de pensar nesses e noutros temas. Pegar um texto de Žižek é deparar com uma mescla estonteante de elementos: proposições ousadas, bravura estilística e uma audácia intelectual que não hesita em se deslocar entre os píncaros das abstrações conceituais e os aspectos aparentemente reles e voluptuosos da vida popular e sensorial. Isso, porém, não é um simples exercício de pirotecnia cerebral, mas visa algo que é mais preciso. De fato, poderíamos caracterizar o discurso de Žižek como uma demonstração permanente da ligação inextricável entre o que poderíamos chamar de níveis do divino ou do eterno e nossas realidades vivas imediatas. De Kant à cunilíngua, Žižek procura lembrar-nos que, no sentido hegeliano, o espírito é sempre um esqueleto, e não podemos separar a mais íntima experiência física de suas dimensões transcendentais.

Seria inútil tentar resumir o trabalho de alguém que é, sem sombra de dúvida, um dos pensadores mais fecundos e prodigiosos de nossa época. Nesta breve introdução, quero concentrar-me, em vez disso, em alguns temas fundamentais que perpassam todo o pensamento de Žižek, e elaborá-los no contexto

---

1. Como assinalou Žižek em diversos textos, a forma de multiculturalismo de hoje abarca uma cultura que tende a ver qualquer cultura como uma diferença particular, *exceto* ela mesma, e a tolerar tudo, *menos* a crítica.

de suas intervenções mais recentes, e contínuas, na vida filosófico-cultural e política.

A loucura constitutiva do ser

O paradigma žižekiano – se é que podemos falar nesses termos – extrai sua vitalidade de duas grandes fontes filosóficas: o idealismo alemão e a psicanálise. Em ambos os casos, o interesse central de Žižek recai sobre certa falta/excesso na ordem do ser. No idealismo alemão, esse aspecto explicita-se mais e mais através da referência ao que se poderia chamar de uma "loucura" inexplicável, que é inerente e constitutiva do *cogito* e da subjetividade como tal. Para Kant, essa é a dimensão do "mal diabólico", ao passo que, para Schelling e Hegel, é a "noite do eu" e a "noite do mundo", respectivamente. O importante é que, em cada um desses casos, há uma ênfase crescente na negatividade como o pano de fundo fundamental (e inerradicável) de todo ser.

Como Žižek deixa claro em *The ticklish subject*, o que o idealismo alemão faz é um deslocamento da oposição habitual entre a idéia de um eu "pré-humano" selvagem e o universo simbólico da subjetividade humana "civilizada" (oposição em que, na tradição iluminista, esta última é identificada com a Luz da Razão e com algo que provoca um domínio supremo ou uma pacificação do primeiro). Em vez disso, o que se afirma é uma visão da subjetividade como algo que só pode vir a ser como uma passagem pela loucura, como uma tentativa permanente de impor uma integridade simbólica à ameaça sempre presente de desintegração e negatividade (Žižek, 1999, pp. 34-41).

Na psicanálise, esse aspecto temático da subjetividade deslocada é mais desenvolvido com respeito ao conceito freudiano de pulsão de morte. A pulsão de morte surge, precisamente, como resultado dessa lacuna ou furo na ordem do ser – uma lacuna que aponta, ao mesmo tempo, para a autonomia radical do sujeito – e é algo que ameaça constantemente sabotar ou derrubar a estrutura simbólica da subjetividade. Em Freud, a categoria da morte não é uma simples anulação, mas se refere, antes, à dimensão (imortal) da subjetividade que persiste para além da mera existência ou da vida biológica. Como diz Žižek, "a vida humana nunca é 'apenas vida', mas é sempre sustentada por um excesso de vida" (Žižek, 2001, p. 104). Esse excesso de vida é a pulsão de morte. E é no contexto dela que Freud e (especialmente) Lacan identificam a motivação singularmente humana com respeito à *jouissance* [ao gozo], isto é, uma compulsão básica de gozar, de atingir a satisfação consumada e, desse modo, tapar o buraco ou curar a "ferida" na ordem do ser.

A condição humana é marcada por uma tentativa eterna e impossível de promover uma espécie de resolução dessa pulsão, uma pulsão paradoxal de resolver a pulsão como tal. Desse modo, a pulsão liga-se a certos "objetos do excesso" (experiência, estilo de vida ou posse ideais etc.) – os objetos pequeno *a* de Lacan – que guardam a promessa de uma realização pelo menos parcial, mas jamais conseguem cumpri-la plenamente, de uma vez por todas. Os objetos pequeno *a* existem em estado permanente de deslocamento e estão sempre noutro lugar[2].

---

2. O *objet petit a* (objeto pequeno *a*) de Lacan refere-se a um certo excesso que é, no objeto, mais do que o objeto – o objeto-causa do desejo. Diríamos que ele menos é o objeto do desejo do que o elemento desejável que pode residir em qualquer objeto: o impulso para um ponto de consumação elusivo, que pode ser perfeitamente incidental no objeto em si (por exemplo, uma camisa que um dia foi usada por Elvis Presley). É isso que "autentica" o objeto e/ou a experiência de tê-lo (como a idéia de virgindade em *Esse obscuro objeto do desejo*, de Buñuel). Se considerarmos *Pulp fiction*, de Tarantino, veremos que a narrativa gira, em última instância, em torno de um objeto perdido/roubado dentro de uma caixa que precisa ser recuperada por Vincent e Jules. Esse objeto não pode ser visto, e há apenas uma alusão a ele no brilho reflexivo dos rostos dos protagonistas. É esse o objeto pequeno *a*: algo cuja autenticidade não pode ser representada nem materializada, e que é apenas um reflexo da pulsão de completar o circuito (quebrado) do gozo e conciliar-se com o próprio desejo (impossível).

É nesses termos que Žižek insiste numa leitura lacaniana do sujeito. Em alguns círculos pós-estruturalistas e desconstrucionistas – nos quais a ênfase recai numa noção do ser-múltiplo que sempre se configura provisoriamente em planos deslizantes de *différance* –, a idéia de sujeito tornou-se bastante obsoleta, já que ele supostamente evoca a imagem de uma identidade cartesiana unificada, ou de uma espécie de centro da subjetividade. Mas, como Žižek tem enfatizado sistematicamente, o sujeito não é nem uma entidade substancial nem um *locus* específico. O sujeito existe, antes, como uma dimensão eterna de resistência-excesso em relação a todas as formas de subjetivação (ou do que Althusser chamaria de interpelação). O sujeito é um vazio constitutivo básico que impulsiona a subjetivação, mas não pode, em última instância, ser preenchido por ela (Žižek, 1990, p. 254). Ele é, simultaneamente, a falta e a sobra em todas as formas de subjetivação. É por isso que o signo lacaniano do sujeito é $ (o sujeito "barrado", vazio). O sujeito não tem como encontrar seu "nome" na ordem simbólica nem chegar a uma identidade ontológica plena. Usando a expressão de Lacan, o sujeito permanece sempre como "um espinho na garganta do significante". E, na medida em que se liga à negatividade radical da pulsão de morte, o sujeito também reflete o mesmo tipo de tensão identificado no idealismo alemão. Assim, o sujeito tanto é o movimento de distanciamento da subjetivação – o excesso que engolfa a coerência simbólica numa noite entrópica do mundo – quanto o próprio impulso para a subjetivação, como maneira de escapar desse estado (Žižek, 1999, p. 159). Nesse sentido, a identificação é sempre estruturada em termos de um certo ser-para-a-loucura.

Uma cena de *Bladerunner, o caçador de andróides*, de Ridley Scott, oferece um exemplo útil. Usando a máquina "voigt-kampff", Deckard (Harrison Ford) interroga Rachel (Sean Young) na empresa

Tyrell, para testar as respostas de empatia da moça e, desse modo, determinar se ela é realmente humana ou é uma "replicante" fabricada. As respostas de Rachel são convincentes e certeiras, indicando uma subjetivação bem acabada. A última pergunta, entretanto, deixa-a debatendo-se num estado de confusão, já que ela não consegue encontrar um ponto de identificação positiva (na ordem simbólica), e a máquina registra uma aniquilação assustadora – o vazio do $. O que há de instigante nessa cena é que, longe de separar Rachel (e os outros replicantes) de "nós", ela serve para sublinhar a condição humana da moça, como um ser cuja subjetivação é propensa à falha e à distorção negativa. É exatamente esse componente de funcionamento falho (o espinho na ordem simbólica) que confere o *status* humano. Assim, o que se mascara nessa projeção de fracasso em Rachel é o conhecimento traumático de que somos "nós" que não conseguimos resolver a questão do "quem sou eu?" num sentido pleno, ou preencher por completo o vazio do $.

Ao mesmo tempo, é por essa própria resistência-excesso diante da subjetivação – e pelo conseqüente impulso de resolver questões impossíveis concernentes à identidade, ao destino, à divindade e assim por diante – que os seres humanos estão essencialmente abertos à possibilidade de desenvolver novas formas de subjetivação. Assim, o sujeito é, simultaneamente, a condição transcendental de possibilidade e impossibilidade de todas as formas de subjetivação contingente.

E é interessante observar como o sujeito perdura de forma ainda mais obstinada no contexto das tentativas atuais de erradicá-lo ou superá-lo. Dois exemplos são ilustrativos neste ponto. Na filosofia desconstrucionista, Derrida tendeu a rejeitar a idéia do sujeito em favor de uma concepção da subjetividade que se baseia numa espécie de decisionismo efêmero (os processos multiformes do tornar-se/desconstruir-se), que não consegue encontrar um limite último. Para corroborar isso, Derrida refere-se a Kierkegaard e sua famosa afirmação de que "o momento de decisão é o momento de loucura". Pela perspectiva lacaniana, entretanto, é precisamente esse momento de loucura que marca a dimensão constitutiva do sujeito.

Na biogenética, em contraste, existe hoje a possibilidade de determinar o genoma humano e as coordenadas básicas de nosso DNA. Mas é precisamente nesse ponto de revelação total que o mistério se aprofunda, e somos mais e mais arrastados para o confronto com a própria impossibilidade de representar ou resolver a lacuna entre a subjetivação e aquilo que a engolfa: a pulsão de morte e suas formas características de animosidade, impulso, desejo e assim por diante. Longe de captar a essência do ser humano, um resultado paradoxal da biogenética é que ela nos leva a uma proximidade crescente dos excessos sumamente "desumanos" que são constitutivos da humanidade como tal – o "em nós mais do que nós" lacaniano – e que atestam a natureza inerradicável do sujeito.

Dimensões do Real

Através de uma análise cada vez mais ampla da pulsão de morte e dos vários aspectos da negatividade que são inerentes ao ser, o Lacan da maturidade propôs sua formulação crucial e genérica do Real. Sob a liderança de J.-A. Miller, o conceito de Real tem estado no centro da "nova escola de psicanálise" sediada em Paris, na qual Žižek vem desempenhando um papel fundamental.

Lacan identifica o Real com respeito a outras duas dimensões básicas – o Simbólico e o Imaginário –, e, juntas, elas constituem a estrutura triádica (borromeana) de todo ser. Para Lacan, o que chamamos de "realidade" articula-se através da significação (o Simbólico) e da padronização característica das imagens (o Imaginário). Estritamente falando, o Simbólico e o Imaginário funcionam dentro da ordem da significação. Tal como nas teorias einsteinianas "geral" e "especial" da relatividade, o Imaginário pode ser visto como um caso especial da significação. O que os diferencia é que, enquanto o Simbólico é aberto, em princípio, o Imaginário procura domesticar essa abertura pela imposição de uma paisagem fantasística peculiar a cada indivíduo. Em outras palavras, o Imaginário prende o Simbólico em torno de certas fantasias fundamentais. Para ilustrá-lo, Žižek (1993, pp. 48-49) serve-se da relação entre Hannibal Lecter (Anthony Hopkins) e Clarice Starling (Jodie Foster) situada no centro do filme *O silêncio dos inocentes*, de Demme. Numa estreita aproximação com um psicanalista lacaniano, o que Lecter procura descobrir é a maneira específica como o universo simbólico de Starling (ou seus termos tendenciais, pelo menos) se estrutura em torno de uma fantasia fundamental – o balido dos cordeiros e a tentativa fracassada de salvar um deles. A questão é que Starling dá sentido a seu mundo (consegue narrar simbolicamente "quem ela é" para o Outro) exatamente por meio de uma certa fantasia que a cativa no nível do Imaginário. Assim, a dimensão fantasística imaginária entra em foco nos pontos (nodais) em que esperamos ser mais levados a sério com respeito à narração mítica de quem *realmente* somos ("Foi nesse momento que eu soube que queria ser...").

O Real, em contraste, não pertence à ordem (simbólico-imaginária) da significação, mas é exatamente aquilo que a nega, aquilo que não pode ser incorporado nessa ordem. O Real persiste como uma dimensão eterna de falta, e toda construção simbólico-imaginária existe como uma certa resposta histórica a essa falta básica. O Real sempre funciona de modo a impor limites de negação a qualquer ordem significante (discursiva), mas – pela própria imposição desses limites – serve, simultaneamente, para constituir tal ordem. Nesse sentido, o Real é estritamente inerente à significação: tanto é o inultrapassável horizonte de negatividade de qualquer sistema de significação quanto sua própria condição de possibilidade.

Embora, por definição, o Real não possa ser diretamente representado, ainda assim é possível aludir a ele em certas encarnações figuradas do horror-excesso. No famoso exemplo de Žižek, alude-se a ele no monstro do filme de Scott, *Alien, o oitavo passageiro*, cujo sangue literalmente dissolve a trama da realidade (Žižek, 1989, pp. 78-79). E, assim como a união dos protagonistas desse filme constitui-se em oposição à ameaça do Alienígena, a própria realidade é sempre construída como uma tentativa de estabelecer uma coerência básica contra os efeitos desintegradores do Real. Toda forma de realidade (simbólica/imaginária) existe como uma tentativa impossível de escapar às várias manifestações do Real, que ameaça um ou outro tipo de desintegração: trauma, perda, angústia etc.

Nos primeiros trabalhos de Žižek, o Real tendia a ser caracterizado em termos de uma espécie de força de negação (o Alienígena, a cabeça da Medusa, as forças da natureza etc.). Nos textos posteriores, entretanto – como *The ticklish subject*, *The fragile absolute* e *On belief* –, Žižek preocupou-se em enfatizar as dimensões mais sutis do Real. Assim, este não funciona simplesmente como um limite externo (bruto) da significação, mas desempenha também um papel mais intangível, ao fornecer um certo toque invisível-imanente que dá forma e textura à realidade. Buscando uma analogia na arte, poderíamos dizer que esse Real intangível funciona como "ponto de fuga", isto é, como algo que não pode ser representado, mas, mesmo assim, é constitutivo da representação[3]. Na física quântica, em contraste, o Real seria a curvatura do espaço: algo que não pode ser dimensionalmente determinado, mas que cria as condições de possibilidade da própria dimensionalidade. Ou ainda, se tomarmos a teoria dos sistemas de Luhmann, diremos que o Real só está presente, em termos do paradoxo constitutivo pelo qual um sistema é capaz de estabelecer suas formas de coerência interna e de unidade, na medida em que não consegue sistematizar seus próprios princípios de constituição[4]. O importante é que o Real não deve ser exclusivamente identificado como uma força explícita de negação; ele também desempenha um grande papel implícito e evanescente na construção de nossas formas cotidianas de realidade social.

Foi nesse contexto que Žižek se empenhou em certa "desconstrução" da tríade Real-Simbólico-Imaginário, de tal modo que todos esses termos sejam considerados fractalmente integrados ou mapeados uns nos outros. No caso do Real, portanto, temos o Real real, o Real simbólico e o Real imaginário (Žižek, 2001, pp. 82-83). O Real real é a experiência dilacerante da negação (os meteoros, os monstros e os turbilhões do trauma). O Real simbólico, em contraste, refere-se aos códigos e/ou estruturas anônimos (pontos de fuga, curvatura do espaço, fórmulas científicas etc.) que não têm sentido em si e simplesmente funcionam como a "textura" abstrata básica na qual (ou a partir da qual) se constitui a realidade. Afirma Žižek que, na era contemporânea, é o próprio capital que cria o pano de fundo essencial da realidade

---

3. Nesse sentido, diríamos que o ponto de fuga é o próprio "sujeito" da arte (visual).

4. Por exemplo, um sistema jurídico requer um código básico para distinguir o que é legal e o que não é. Todavia, a distinção legal/ilegal não pode ser determinada fora do sistema jurídico. Além disso, a questão de o sistema jurídico *em si* ser legal ou ilegal é estritamente impensável em seus próprios termos.

e que, por conseguinte, pode ser visto como o Real simbólico de nossa época (Žižek, 1999, pp. 222, 276). Assim, os novos mercados de ações cibernéticos – com sua produção digital constante – podem ser vistos como algo que funciona como uma espécie de rede oracular de informações sagradas que, de um modo abstrato e indiferente, determina a sorte de empresas como a Enron ou a Worldcom e de mercados nacionais e internacionais inteiros.

Por último, temos o Real imaginário, no qual, mais uma vez, há uma ênfase num toque invisível-imanente que dá estrutura e especificidade ao campo do Imaginário. A paisagem onírica (imaginária) é um exemplo claro disso. Nos sonhos, é comum haver uma sensação de possibilidade infinita. Mas, quando se depara com uma imagem específica de horror-excesso (um marcador imanente do Real) – ponto em que o sonho se transforma em pesadelo –, há uma compulsão imediata a virar as costas e fugir para a realidade, acordar. Esses marcadores imanentes do Real estabelecem uma espécie de "cartografia" do campo imaginário.

É também isso que confere ao ciberespaço (o Imaginário pós-moderno digitalizado) a sua ambigüidade. A visão celebrativa (gnóstica) do ciberespaço é a de um universo solto e impermeável ao Real, no qual é possível manipular identidades e pôr fantasias em prática. Mas o ciberespaço também pode funcionar como o próprio meio que nos aproxima de nossos temores e ansiedades mais íntimos: obsessões fetichistas/mórbidas, fascínio/repugnância por certas práticas sexuais/sociais, uma associação insuportável com a Alteridade ("Eu poderia ser como eles"), e assim por diante. Dito em linguagem clara, há sempre a possibilidade de clicarmos uma janela distante demais, que nos faça bater de volta na realidade cotidiana, para evitar o confronto com os marcadores do Real, o excesso traumático, que são inerentes ao Imaginário. É esse tema da tentativa de fugir novamente para a realidade que é explorado em alguns dos filmes mais inteligentes do gênero terror: *Alucinações do passado*, *Linha mortal*, a série *Pesadelo* de Freddie Krueger etc.

Entretanto, não é apenas no nível do cinema e do ciberespaço que se experimenta o Real imaginário. A tragédia de 11 de setembro de 2001 também pode ser vista por essa perspectiva (Žižek, 2002). De certo modo, poderíamos dizer que, especialmente para os norte-americanos, o trauma teve uma dupla inscrição. Primeiro, houve o evento cataclísmico em si, mas, em seguida, houve a dimensão do Real imaginário em que as fantasias populares sobre a destruição orgiástica de Nova York (por exemplo, *Independence Day*, *Godzilla*, *Impacto profundo*, para citar apenas algumas) pareceram irromper na realidade – e, com isso, tornar sem sentido qualquer fuga de volta à realidade. Assim, o trauma de 11 de setembro foi intensificado precisamente em decorrência dessa ruptura transdimensional, dessa transgressão da exigência subliminar de que as fantasias "permaneçam lá" e não nos persigam.

A ideologia e o *status* do impossível

Foi à luz dessa perspectiva mais sutil do Real que Žižek também reviu sua abordagem da questão da ideologia. Em *The sublime object of ideology*, ele desenvolveu sua famosa inversão da tese clássica da "consciência falsa". Portanto, a ideologia não oculta nem distorce uma realidade subjacente (a natureza humana, os interesses sociais etc.), mas a própria realidade é que não pode ser reproduzida sem a mistificação ideológica (Žižek, 1989, p. 28). O que a ideologia proporciona é a interpretação simbólica da realidade – a fantasia suprema – como forma de escapar dos efeitos traumáticos do Real. A realidade é sempre uma tomada "virtual" do Real, uma virtualização que nunca consegue superar inteiramente o Real nem chegar à homeostase. Na linguagem de Laclau e Mouffe, isso significa que a Sociedade, como unidade integrada, é universalmente impossível, exatamente pelo excesso constitutivo do Real como negatividade impossível de dominar, e da qual depende, em última instância, toda positivação.

E é aí que a ideologia executa seu truque supremo de interpelação. O que ela visa é uma reencenação fantasística do encontro com o Real, de tal modo que a impossibilidade da Sociedade se traduza no roubo da sociedade por um Outro histórico. Na ideologia nazista, por exemplo, é a figura contingente do judeu que é diretamente responsabilizada pelo roubo/sabotagem da harmonia social – com isso escondendo o fato traumático de que a harmonia social nunca existiu e de que é uma impossibilidade intrínseca (1989, pp. 125-127; 1993, pp. 203-204). Ao imputar o *status* de Real a um Outro específico, sustenta-se o sonho da realização holística – mediante a eliminação, a expulsão ou a supressão desse Outro.

Mais recentemente, porém, Žižek elaborou uma nova inflexão dessa perspectiva. A ideologia não apenas constrói uma certa imagem de realização (a Cidade da Razão platônica, a comunidade ariana, a harmonia multicultural etc.), mas também se esforça por regular certo distanciamento dela[5]. Por um lado, temos a fantasia ideológica de nos reconciliarmos com a Coisa (da realização total), mas, por outro, temos a ressalva implícita de não nos aproximarmos dela em demasia. A razão (lacaniana) disso é clara: quando nos aproximamos demais da Coisa, ela despedaça/evapora (como os afrescos da *Roma* de Fellini), ou provoca uma angústia e uma desintegração psíquica insuportáveis.

O que se mostra crucial aqui é o *status* da categoria do impossível. Para Žižek, a impossibilidade não é o tipo de categoria

---

5. Ver também Daly (1999) para uma discussão desse ponto.

neutra que tendemos a encontrar em Laclau e Mouffe (como em sua tese da impossibilidade da Sociedade), autores em que ela tende a conotar uma fronteira constitutiva básica do antagonismo. Assim como os marcadores imanentes do Real, a impossibilidade é apanhada na ideologia e se configura de tal modo que estrutura a realidade e determina as coordenadas do que é efetivamente possível. Como afirma Žižek nesse livro, além da operação ideológica *prima facie* de traduzir a impossibilidade num obstáculo externo, há ainda um estágio mais profundo nessa operação, qual seja, a "própria elevação de algo à impossibilidade, como maneira de adiar ou evitar o encontro com ele". A ideologia é o sonho impossível, não apenas em termos de superar a impossibilidade, mas em termos de sustentá-la de uma forma aceitável. Ou seja, a idéia de superação é sustentada como um momento adiado de reconciliação, sem que seja preciso passar pela dor da superação como tal.

Aqui, a questão central é de proximidade, de manutenção de uma distância crítica, pela manutenção da Coisa em foco (como a imagem numa tela), mas sem chegar tão perto que ela comece a se distorcer e a se decompor. Um exemplo típico seria o de alguém que fantasia sobre um objeto ideal (um parceiro sexual, uma promoção, a aposentadoria etc.) e, quando efetivamente o encontra, confronta-se com o Real de sua fantasia: o objeto perde sua idealidade. O ardil (ideológico), portanto, está em manter o objeto a uma certa distância, a fim de sustentar a satisfação derivada da fantasia: "Se eu tivesse x, poderia realizar meu sonho". A ideologia regula essa distância fantasística, como que para evitar o Real no impossível, isto é, os aspectos traumáticos implicados em qualquer mudança real (impossível).

Isso permite uma interpretação mais nuançada das ideologias. Tomemos o caso de uma crise internacional: a chamada "libertação do Kuwait" durante a Guerra do Golfo, na década de 1990.

Nesse episódio, o discurso ideológico tendeu a funcionar nos seguintes moldes: "devemos conseguir a libertação do Kuwait (...), ao mesmo tempo reconhecendo que qualquer libertação verdadeira (ou seja, abolição da dinastia feudal kuwaitiana e criação de estruturas democráticas) é impossível neste momento". E porventura não temos algo parecido na chamada nova ordem mundial? Qualquer tentativa real (ou Real) de estabelecer tal ordem exigiria, inevitavelmente, mudanças traumáticas de amplo alcance: a democracia global baseada em direitos universais, a participação popular, a erradicação da pobreza e da exclusão social (etc.), como parte de uma autêntica "modernização reflexiva". Entretanto, o que temos de fato é a invocação rotineira da nova ordem mundial em termos de um ideal indefinido, que funciona precisamente no sentido de impedir qualquer movimento verdadeiro em direção a ele. Na terminologia kantiana do sublime, qualquer convergência com o que se poderia chamar de "eixo do Bem" de Bush-Blair se tornaria um mal insuportável. Assim, vemos em ação o mesmo tipo de suplemento ideológico: "estamos caminhando para uma nova ordem mundial que não tolerará os Saddam Husseins deste mundo (...), mas reconhecendo que uma verdadeira nova ordem mundial (que fosse intolerante para com *todos* os autocratas, as famílias reais e as ditaduras empresariais do capitalismo global) é atualmente/sempre impossível...". Desse modo, a impossibilidade perde sua inocência e, longe de abarcar uma simples dimensão reprimida, representa algo que visivelmente funciona como um suplemento ideológico implícito/obsceno na *realpolitik* de hoje.

A política e a incorreção radical

A idéia de impossibilidade encontra-se na raiz da visão política de Žižek. E aí temos uma concepção diferente dos avanços pós-marxistas de Laclau e Mouffe, muito persuasivos, e de sua demonstração de que uma Sociedade transparente e livre de antagonismos é inatingível. Para Žižek, a questão central não é propriamente se a Sociedade é (im)possível, mas *de que modo* a sociedade é impossível e como se entende politicamente a impossibilidade. Na cultura pós-moderna de hoje, a idéia do impossível tende a ser canalizada para uma linguagem de "transitoriedade", "parcialidade", "precariedade" e assim por diante. Todo gesto, de certo modo, já é desmentido por um sentimento de ironia, artificialismo e superação. O problema, portanto, é que o entusiasmo pós-moderno com a impossibilidade presta-se, com demasiada facilidade, a um tipo de política que se torna, *ela mesma*, excessivamente parcial e provisória, e na qual a ambição política já é limitada por seu próprio senso de limitação como tal[6]. Em outras palavras, o perigo potencial é ficarmos com uma política que se detenha no nível da impossibilidade, sem jamais tentar como que possibilitar o impossível.

As conseqüências políticas desse tipo de visão já estão claras. As chamadas abordagens éticas da política externa, da dívida do Terceiro Mundo, da imigração, da redistribuição social etc. são sempre trabalhos em andamento, são um sem-número de expressões da paixão da Terceira Via pelos grupos focalizados ("ouvir todos os lados", "sentir o sofrimento deles" etc.), sem jamais chegar à ação propriamente dita. Assim, talvez o espírito político da era pós-moderna não seja tanto o do fantasma de Hamlet, tal como concebido por Derrida (de acusação infinita etc.), mas o do próprio Hamlet, que, no sentido de Samuel Taylor Coleridge, está

---

6. Para evitar qualquer mal-entendido: não há aqui nenhuma sugestão de que a perspectiva de Laclau e Mouffe leve necessariamente a essa direção, mas apenas de que esta é uma distorção potencial da perspectiva deles. Com feito, Laclau e Mouffe têm-se preocupado em se distanciar fundamentalmente desse tipo de distorção, em sua crítica explícita à política da Terceira Via (Laclau e Mouffe, 2001, p. xv).

constantemente resolvendo fazer, mas, em vez disso, acaba constantemente resolvendo. Numa outra inflexão da argumentação de Žižek – na qual, no sentido hegeliano, algo postula retroativamente suas próprias condições de possibilidade –, diríamos que, na cultura política de hoje, temos um exemplo claro da postulação retroativa simultânea das condições de impossibilidade.

Há mais um perigo potencial. Ele concerne de modo especial às tendências ortodoxas do multiculturalismo politicamente correto e à sua distorção de um certo tipo de política de aliança que procura criar cadeias de equivalência entre um conjunto cada vez mais amplo de lutas diferenciais em torno do gênero, da cultura, dos estilos de vida etc. Embora, em princípio, não haja nada errado em criar tais formas de solidariedade, o problema surge quando esse tipo de política começa a presumir, calcando-se no senso comum, um nivelamento básico do campo político, no qual todos os grupos são tidos como igualmente sofredores ("somos todos vítimas das forças do Estado/do capitalismo global/repressoras..."). Em outras palavras, há um perigo de que a política de equivalência seja tão distorcida que se transforme num modo de disfarçar a situação dos que estão verdadeiramente na abjeção: os que sofrem com a pobreza endêmica, com a miséria e com a violência repressora em nosso sistema mundial. Com isso, os abjetos podem ser duplamente vitimados: primeiro, por uma ordem capitalista global que os exclui ativamente, e, segundo, por um "inclusionismo" asséptico e politicamente correto que os torna invisíveis dentro de sua floresta pós-moderna, de sua tirania das diferenças.

Para Žižek, é imperioso cortarmos esse nó górdio do protocolo pós-moderno e reconhecermos que nossa responsabilidade ético-política está em confrontar a violência constitutiva do capitalismo global de hoje e sua naturalização/anonimização obscena dos milhões de pessoas subjugadas por ele no mundo inteiro.

Opondo-se às posturas padronizadas da cultura pós-moderna – com todas as suas afirmações hipócritas acerca da etiqueta "multicultural" –, Žižek defende uma política que se possa chamar de "radicalmente incorreta", no sentido de romper com esses tipos de posturas[7] e de se concentrar nos próprios princípios organizadores da realidade social de hoje: os princípios do capitalismo liberal global. Isso requer certo cuidado e sutileza.

Por um tempo demasiadamente longo, o marxismo foi infernizado por um economicismo quase fetichista, que tendia para a morbidez política. Com autores como Hilferding e Gramsci e, mais recentemente, Laclau e Mouffe, obtiveram-se avanços teóricos cruciais, que permitem transcender todas as formas de economicismo. Nesse novo contexto, entretanto, Žižek afirma que o problema que se apresenta agora é quase o do fetiche inverso. Dito de outra maneira, as angústias proibitivas que cercam o tabu do economicismo podem funcionar como um modo de não entrar em contato com a realidade econômica e de aceitá-la implicitamente como um horizonte fundamental de vida. Numa irônica inversão freudo-lacaniana, o medo do economicismo pode acabar por reforçar uma exigência econômica de fato com respeito ao capitalismo contemporâneo (ou seja, a proibição inicial evoca a própria coisa temida).

Isso não equivale a endossar nenhum tipo de retorno retrógrado ao economicismo. O que Žižek ressalta é, antes, que, ao rejeitarmos o economicismo, não devemos perder de vista o poder sistêmico do capital de moldar a vida e os destinos da humanidade, bem como nosso próprio sentido do possível. Em particular,

---

7. Talvez possamos acrescentar aqui que o político – tal como concebido por Lefort (1989) e desenvolvido por Rancière (1999) e outros – é sempre "incorreto", uma vez que representa algum tipo de rompimento/desafio em relação às convenções e aos princípios ordenadores aceitos. Nesse sentido, poderíamos dizer que a correção política assinala mais uma tentativa (regressiva) de eliminar a dimensão do político.

não devemos passar por cima da percepção central de Marx de que, para criar um sistema global universal, as forças do capitalismo procuram esconder a violência político-discursiva de sua construção, mediante uma espécie de enobrecimento desse sistema. O que é persistentemente negado por neoliberais como Rorty (1989) e Fukuyama (1992) é que o enobrecimento do capitalismo liberal global é tal que, fundamentalmente, seu "universalismo" reproduz e depende de uma violência renegada, que exclui vastos setores da população mundial. Desse modo, a ideologia neoliberal procura tornar natural o capitalismo, apresentando seus resultados de ganhos e perdas como se fossem uma simples questão de sorte e de sensatez num mercado neutro.

O capitalismo cria, efetivamente, espaço para uma certa diversidade, pelo menos para as regiões capitalistas centrais, mas não é neutro nem ideal, e seu preço em termos de exclusão social é exorbitante. Ou seja, o custo humano, em termos da pobreza global intrínseca e das "oportunidades de vida" degradadas, não pode ser calculado dentro da lógica econômica vigente, e, em conseqüência disso, a exclusão social continua mistificada e sem nome (como na referência condescendente ao "mundo em desenvolvimento"). E o que Žižek ressalta é que essa mistificação é ampliada pela profunda capacidade do capitalismo de ingerir seus próprios excessos e sua negatividade, de redirecionar (ou direcionar mal) os antagonismos sociais e de absorvê-los numa cultura de afirmação diferencial. Em vez do bolchevismo, tende-se hoje para um tipo de "lojismo" facilmente sustentado pelas formas pós-modernas de consumismo e estilo de vida.

Opondo-se a isso, Žižek defende um novo universalismo, cuja diretriz ética primordial seja confrontar o fato de que nossas formas de vida social fundamentam-se na exclusão em escala global. Embora seja perfeitamente verdadeiro que o universalismo nunca poderá tornar-se Universal (sempre exigirá uma encarnação hegemônica particular para ter algum sentido), o que há de novo no universalismo de Žižek é que ele não tentaria esconder esse fato nem reduzir o *status* do Outro abjeto ao de um "percalço" numa matriz sólida.

Arriscando o impossível

A resposta da esquerda ao capitalismo global não pode ser de recuo para o Estado nacional, ou para as formas organicistas de "comunidade" e de identidades populares que hoje sobejam na Europa e noutros locais. Para Žižek, trata-se, antes, de trabalhar com os próprios excessos que, no sentido lacaniano, são no capitalismo mais do que o capitalismo. É, portanto, uma questão de transcender o "universalismo" provincial do capitalismo. Para ilustrar esse ponto, Žižek chama atenção para a categoria da "propriedade intelectual" e para as tentativas cada vez mais absurdas de estabelecer um domínio restritivo sobre os avanços tecnológicos – códigos genéticos, estruturas de DNA, comunicações digitais, descobertas farmacêuticas, programas de computador etc. – que afetam a todos nós, e/ou em relação aos quais há um sentimento de direito humano comum. Aliás, a conjuntura moderna do capitalismo caracteriza-se mais e mais por uma cultura proibitória: repressão generalizada das formas de pesquisa e desenvolvimento que têm um potencial emancipador real, que vai além da especulação exclusiva; restrição das informações que têm conseqüências diretas para o futuro da humanidade; negação fundamental de que a igualdade social possa ser sustentada pela abundância gerada pelo capitalismo. Tipicamente, o capitalismo se empenha em restringir as próprias dimensões do universal facultadas por ele e, ao mesmo tempo, em resistir a todos os avanços que revelam sua especificidade/artificialismo como apenas um modo possível de ser.

A esquerda, portanto, deve procurar subverter esses excessos ingovernáveis, em direção a um universalismo político (e politizador), ou ao que Balibar chamaria de *égaliberté**. Isso significa que a esquerda deve pedir uma globalização maior, e não menor. Onde os neoliberais falam a linguagem da liberdade – seja em termos da liberdade individual, seja da livre movimentação dos bens e do capital –, a esquerda deve usar essa linguagem para combater as obsessões racistas de hoje com os "refugiados econômicos", os "imigrantes" etc., e insistir no fato de que as liberdades não têm sentido sem os recursos sociais que permitem participar delas. Quando se fala de direitos universais, a esquerda deve afirmar uma responsabilidade com o universal que enfatize a verdadeira solidariedade humana, e não perca de vista os despossuídos em discursos diferenciais. Invertendo o conhecido lema dos ambientalistas, diríamos que a esquerda tem que se envolver em pensar localmente e agir globalmente. Dito de outra maneira, ela deve atentar para a especificidade das identidades políticas atuais no contexto de suas condições (capitalistas) globais de possibilidade, exatamente para questionar essas condições.

Aqui, porém, eu me arriscaria a dizer que, a despeito das diferenças claramente enunciadas (Butler et al., 2000), a visão política de Žižek não se opõe necessariamente à de Laclau e Mouffe, e uma abordagem combinada é perfeitamente possível. Embora Žižek tenha razão em frisar a suscetibilidade das atuais formas de engajamento hegemônico "alternativas" à desradicalização, num imaginário pós-moderno politicamente correto – uma espécie de hegemonização do próprio campo (as condições político-

---

* Neologismo em que se aglutinam os termos *égalité* e *liberté*, resultando numa "igualiberdade". (N. de T.)

culturais de possibilidade) que produz e predispõe à lógica contemporânea da hegemonia –, é igualmente verdade que o tipo de mudança política que Žižek tem em mente é tal que só pode avançar através do tipo de subversão hegemônica que Laclau e Mouffe têm enfatizado sistematicamente em seu trabalho. A própria possibilidade de um universalismo político depende de certo rompimento hegemônico com as convenções e a gramática vigentes do engajamento hegemônico.

É nessa linha que Žižek afirma a necessidade de uma intervenção mais radical na imaginação política. A visão (maquiavélica) moderna da política costuma ser apresentada em termos de uma tensão fundamental entre demandas/apetites (potencialmente) ilimitados e recursos limitados, visão esta que se acha implícita na perspectiva predominante da "sociedade de risco", na qual a preocupação central (quase habermasiana) é com informações científicas melhores e mais numerosas. A verdade política do mundo atual, entretanto, é bem o oposto dessa visão. Ou seja, as demandas da esquerda oficial (especialmente as várias encarnações da esquerda da Terceira Via) tendem a articular reivindicações extremamente modestas, ante um capitalismo praticamente ilimitado, que é mais do que capaz de proporcionar a cada pessoa deste planeta um padrão de vida civilizado.

Para Žižek, confrontar as obscenidades do capitalismo da abundância também requer uma transformação da imaginação ético-política. Já não se trata de elaborar diretrizes éticas dentro do arcabouço político existente (os diversos "comitês de ética" institucionais e empresariais), mas de desenvolver uma politização da ética – uma ética do Real[8]. Aqui, o ponto de partida é a

---

8. Esse ponto deriva de Lacan (1992) e de sua visão de uma ética da psicanálise. Mais recentemente, Žižek desenvolveu a idéia de uma ética do Real – ou uma ética Real – em numerosos textos. Para uma análise extensa e brilhante da ética do Real, ver Zupančič (2000).

insistência na autonomia incondicional do sujeito, é a aceitação de que, como seres humanos, somos responsáveis, em última análise, por nossos atos e nosso ser-no-mundo, inclusive pela construção do próprio sistema capitalista. Longe da simples produção de normas ou do aperfeiçoamento/reforço do protocolo social existente, a ética do Real tende a emergir através da transgressão das normas e da descoberta de novas direções, as quais, por definição, envolvem mudanças traumáticas, ou seja, o Real num autêntico desafio ético. A ética do Real não se curva simplesmente ao impossível (ou à Alteridade infinita) como um horizonte inultrapassável, que já marca todo ato como falho, incompleto e assim por diante. Ao contrário, tal ética aceita plenamente a contingência, mas se dispõe, ainda assim, a arriscar o impossível, no sentido de romper com as posturas padronizadas. Poderíamos dizer que se trata de uma ética que não só é politicamente motivada, mas também retira sua força do próprio político.

Para Žižek, a ética do Real (ou ética Real) significa que não podemos confiar em nenhuma forma de Outro simbólico que endosse nossas (in)decisões e (in)ações: por exemplo, os dados financeiros "neutros" dos mercados de ações, o conhecimento especializado dos cientistas da "nova modernidade", nos termos de Beck, os conselhos econômicos e militares da nova ordem mundial, os diversos tribunais (formais e informais) da correção política, ou qualquer das misteriosas leis de Deus, da natureza ou do mercado. O que Žižek afirma é uma cultura radical da identificação ética com a esquerda, na qual as formas alternativas de militância devem ser, antes de mais nada, militantes com *elas mesmas*. Em outras palavras, devem ser militantes no sentido ético fundamental de não dependerem de nenhuma autoridade externa/superior e do desenvolvimento de uma imaginação política que, como o pensamento do próprio Žižek, exorte-nos a arriscar o impossível.

As conversas que se seguem foram conduzidas em inglês, em duas grandes etapas, e concluídas em Londres durante o verão de 2002. Organizaram-se de forma semi-estruturada com um núcleo de perguntas das quais Žižek não tinha conhecimento prévio. Embora as perguntas tenham servido como um guia geral, as respostas de Žižek levaram, invariavelmente, a guinadas imprevisíveis, abrindo vias inteiramente novas de investigação. Apesar de eu ter feito uma edição desse material, ela foi mantida num nível mínimo, a fim de preservar o máximo possível do ritmo e do teor do discurso.

As conversas foram concebidas de modo a se desenvolverem tematicamente – passando do biográfico para questões de filosofia, ciência, cultura, ética e política – e a darem margem a comentários sobre grandes acontecimentos, como o 11 de Setembro de 2001. Dentro desse contexto, Žižek não só formulou uma série de percepções instigantes, como também desenvolveu, talvez pela primeira vez, algumas revisões cruciais e intervenções reflexivas críticas sobre seu próprio pensamento. Nesse aspecto, as conversas terão atrativos tanto para o noviciado quanto para os leitores mais antigos de Žižek. O que se registra aqui é a batalha viva de um de nossos pensadores mais notáveis com alguns dos problemas mais prementes do nosso tempo.

Há várias pessoas a quem agradecer: a John Thompson, Elizabeth Molinari e Sarah Dancy, da Polity, por apoiarem este projeto e por sua paciência com as transgressões do prazo; a Mari, por sua presença; e a Hilly e Con, por serem quem são. Acima de tudo, quero agradecer a Slavoj Žižek por seu bom humor permanente ao longo de todo o processo. Só me resta esperar que estas conversas tenham captado um pouco de seu vigor intelectual e de sua generosidade de espírito.

Referências bibliográficas

BUTLER, J.; LACLAU, E.; ŽIŽEK, S. *Contingency, hegemony, universality* (Londres, Verso, 2000).

DALY, G. "Ideology and its paradoxes: Dimensions of fantasy and enjoyment", *Journal of Political Ideologies*, 4 (2), jun. 1999, pp. 219-38.

FUKUYAMA, F. *The end of history and the last man* (Harmondsworth, Penguin, 1992. Ed. bras. *O fim da história e o último homem*, trad. Aulyde Soares Rodrigues, Rio de Janeiro, Rocco, 1992).

LACAN, J. *The ethics of psychoanalysis 1959-60: The seminar of Jacques Lacan* (Londres, Routledge, 1992 [originalmente publicado em francês como *Le Séminaire, Livre VII: L'Éthique de la psychanalyse, 1959-60*. Paris: Les Éditions du Seuil, 1986. Ed. bras. *O seminário, livro 7: a ética da psicanálise (1959-1960)*, trad. Antonio Quinet, Rio de Janeiro, Jorge Zahar, 1988]).

LACLAU, E.; Mouffe, C. *Hegemony and socialist strategy* (Londres, Verso, 2001).

LEFORT, C. *Democracy and political theory* (Mineápolis, University of Minnesota Press, 1989).

RANCIÈRE, J. *Disagreement: Politics and philosophy* (Mineápolis, University of Minnesota Press, 1999).

RORTY, R. *Contingency, irony and solidarity* (Cambridge, Cambridge University Press, 1989).

ŽIŽEK, S. *The sublime object of ideology* (Londres, Verso, 1989).

_____. "Beyond discourse analysis", em Laclau, E. *New reflections on the revolution of our time* (Londres, Verso, 1990).

_____. *Tarrying with the negative* (Durham, NC, Duke University Press, 1993).

_____. *The ticklish subject* (Londres, Verso, 1999).

_____. *On belief* (Londres, Routledge, 2001).

_____. *Welcome to the desert of the Real* (Londres, Verso, 2002. Ed. bras. *Bem-vindo ao deserto do Real!*, trad. Paulo Cezar Castanheira, São Paulo, Boitempo, 2003).

ZUPANČIČ, A. *Ethics of the Real* (Londres, Verso, 2000).

Conversa 1
Abrindo o espaço da filosofia

GLYN DALY: *Você cresceu em Liubliana, capital da Eslovênia, na Iugoslávia do pós-guerra. Ao final da adolescência, já tinha decidido tornar-se filósofo. O que motivou essa decisão?*

ŽIŽEK: A primeira coisa que tenho a dizer é que a filosofia não foi minha opção inicial. Uma antiga tese, elaborada por Claude Lévi-Strauss, afirma que todo filósofo, todo teórico teve outra profissão na qual fracassou, e esse fracasso marcou todo o seu ser. Para Lévi-Strauss, a primeira opção era ser músico. Esse foi seu tipo de glosa melancólica. Para mim, como fica claro por meus escritos, foi o cinema. Comecei quando já tinha 13 ou 14 anos; lembro-me até quais filmes exerceram sobre mim um fascínio absoluto, quando eu era jovem. Creio que dois deles me deixaram uma marca: *Psicose*, de Hitchcock, e *O ano passado em Marienbad*, de Alain Resnais. Vi cada um pelo menos quinze vezes. Na verdade, eu me situava em algum ponto entre a teoria e a prática do cinema, porque também tinha uma câmera super-8. Portanto, a decisão original não foi ser filósofo; essa foi uma espécie de escolha secundária, a segunda melhor alternativa.

Você fez algum filme com a super-8?

Fiz, mas isso é um rigoroso segredo de Estado! Fiz um filme amador de vinte ou trinta minutos e acho que o destruí, não tenho certeza. Mas, se alguém aparecer com ele agora, ele ou ela com certeza desaparecerá! É um rigoroso segredo de Estado porque, é claro, foi uma exegese de amores adolescentes – aquele período traumático da adolescência que é melhor esquecer. Portanto, só para que fique claro, essa estrutura melancólica esteve comigo desde o início. A filosofia foi algo que veio em segundo lugar, à guisa de substituto, como diria Judith Butler, de um "apego apaixonado primordial". É como se eu precisasse dessa estrutura.

Embora saibamos pela psicanálise que todo sintoma tem a estrutura de uma perda primitiva, acho, ao mesmo tempo, que não há grandes segredos a descobrir nisso. Antes de começar como filósofo, eu já tinha publicado, no fim da adolescência, algumas críticas de cinema – e até umas tentativas de teoria – em publicações cinematográficas eslovenas. Mas minha comparação irônica seria com são Paulo, quando ele ainda era coletor de impostos, antes de sua conversão na estrada de Damasco. Não seria ótimo se descobríssemos hoje que ele deixou umas anotações sobre como coletar impostos nas ruas e pudéssemos publicá-las como seus primeiros escritos? Você sabe que são Paulo, ao afirmar a redenção pela fé – o significado do sacrifício de Cristo –, usou muitas vezes esta metáfora financeira: Cristo está pagando por nossos pecados. Ora, posso imaginar que uma interpretação desconstrucionista desses primeiros escritos imaginários constataria a existência de uma estrutura paradigmática similar: um membro da família paga os impostos e, com isso, paga pela liberdade de todos os demais. Mesmo assim, porém, acho que não devemos seguir essa linha de pensamento.

O segundo ponto que quero frisar é que é interessante observar que meu desenvolvimento filosófico se deu passo a passo, quase que seguindo a tendência, como uma espécie de recapitulação da situação típica do Leste Europeu naquele momento. Comecei quando tinha uns quinze anos, lendo o material marxista clássico – a dialética e coisas assim –, e meu primeiro grande avanço foi quando, seduzido pelo grupo Práxis (um jornal semidissidente do chamado marxismo humanista), marquei meu primeiro distanciamento da ideologia oficial. Comecei a ler esse jornal e, como havia na Eslovênia uma presença heideggeriana acentuada, passei para Heidegger. Depois, como passo seguinte, descobri a chamada revolução estruturalista francesa. Assim, houve essa sucessão rigorosa. O interessante é que, embora a conhecesse muito bem, nunca fui influenciado pela Escola de Frankfurt.

O que você entendia ser o objetivo da filosofia e seu papel como filósofo?

Ah, meu Deus, não creio que houvesse uma visão clara da filosofia! Fico quase tentado a citar aqui a afirmação do jargão lacaniano, "foi algo em mim mais do que eu mesmo que decidiu", porque nem era uma idéia clara. Mas, se tivesse que localizar uma percepção específica, eu diria – e isso é algo que permanece comigo até hoje –, pelo menos retrospectivamente, que só compreendi o que era a filosofia em certo nível elementar quando cheguei à dimensão transcendental kantiana. Ou seja, quando entendi o aspecto central de que a filosofia não é simplesmente uma espécie de empreitada megalomaníaca – você sabe, do tipo "vamos compreender a estrutura básica do mundo" –, que a filosofia não é isso. Ou, para dizê-lo em termos mais heideggerianos: embora exista a questão básica de compreender a estrutura do mundo, a idéia de mundo não é simplesmente o universo ou tudo que existe. O "mundo" é, antes, certa categoria histórica, e compreender o que é o mundo significa, em termos transcendentais, compreender uma estrutura preexistente, pelo menos historicamente, uma estrutura *a priori* que determina como entendemos de que modo o mundo se revela a nós. Esse é, para mim, o aspecto crucial.

Quando entendi que isso não tinha a ver com megalomania, no sentido do contra-ataque padrão dos cientistas ingênuos – a saber, "Nós lidamos com fatos reais, com hipóteses racionais, mas vocês, filósofos, vocês meramente sonham com a estrutura de tudo" –, percebi que a filosofia, de certo modo, é mais crítica e até mais cautelosa do que a ciência. A filosofia formula inclusive perguntas mais elementares. Por exemplo, quando um cientista aborda certa questão, a idéia da filosofia não é "Qual é a estrutura de tudo?", mas "Quais são os conceitos que o cientista já tem que pressupor para formular a questão?". Ela simplesmente indaga sobre o que já existe: que outros pressupostos conceituais e de outra natureza já têm que estar presentes para que alguém possa dizer o que diz, possa compreender o que compreende e possa saber que está fazendo o que faz.

Nesse sentido, Kant sempre foi um filósofo modelar. Por exemplo, mesmo na *Crítica da razão pura*, seu problema não é especular sobre a imortalidade da alma. Ele faz uma pergunta simples: "Que é que temos de pressupor como verdadeiro, pelo simples fato de sermos ativos como agentes éticos?". A resposta de Kant é muito pertinente – e, num nível diferente, é afirmada até por Derrida. Sua resposta é que, pelo menos no entendimento comum da ética, as pessoas de fato pressupõem a imortalidade da alma e a existência de Deus; pressupõem-no em silêncio. É nisso que consiste a filosofia, e não em "Eu, filósofo, creio em certa estrutura do universo etc."; ela consiste numa exploração daquilo que é pressuposto, até mesmo na atividade do dia-a-dia.

Então, o esforço filosófico contemporâneo (se é que podemos chamá-lo assim) reside menos em indagações grandiosas ou específicas como tais do que no que está por trás delas, no que lhes permite serem formuladas, para começo de conversa.

Sim, e nesse sentido, creio (e ainda sou descaradamente moderno nisso) que pela perspectiva atual fica claro, de certo modo – e agora vou dizer uma coisa horrível, pela qual algumas pessoas, especialmente os historiadores da filosofia antiga, seriam capazes de me linchar –, que Kant foi o primeiro filósofo. Com sua guinada transcendental, penso que Kant abriu um espaço a partir do qual podemos ler, em retrospectiva, todo o cânone da filosofia anterior. A filosofia pré-kantiana não pode pensar nesse aspecto transcendental. E, curiosamente, você sabe quem pensava a mesma coisa, se você o ler com atenção? Heidegger, o Heidegger do começo. É muito claro que ele acha que Kant fez o grande avanço ao indagar sobre as condições de possibilidade. Sua idéia é apenas que Kant não foi suficientemente radical, que ainda ficou em débito com uma ontologia substancialista que era ingênua demais. Mas, em essência, o esforço de Heidegger é pegar essa percepção kantiana básica das condições de possibilidade – ou do que ele chama de horizontes do minuto – e então voltar atrás, para ler Descartes e Aristóteles dessa maneira. A propósito, é por isso que também acho que Heidegger estava descobrindo alguma coisa, antes de reverter sua posição – na passagem do Heidegger inicial para o posterior, no começo da década de 1930. Depois, Heidegger abandonou sua orientação básica em relação a Kant. Àquela altura, a inflexão transcendental de Kant tornou-se, para Heidegger, apenas mais uma regressão ao niilismo metafísico subjetivista. Mas creio que isso foi uma grande perda. Acho que a percepção fundamental do Heidegger dos primeiros tempos talvez tenha sido que toda a história anterior da metafísica precisava ser relida por essa inflexão transcendental.

E é por essa vertente que todos os filósofos anteriores devem ser lidos. Tomemos Aristóteles como exemplo. Nesse ponto, concordo com Heidegger e Lacan, que dizem que os chamados escritos biológicos de Aristóteles são a chave. O que Aristóteles propõe em sua descrição da estrutura de um ser humano, como aquilo que se move para fora de si mesmo, é menos uma teoria do mundo que uma teoria do que significa dizermos "Isto está vivo"; ou seja, ele confronta o entendimento prévio que temos quando, por exemplo, identificamos algo com um ser vivo. Nesse sentido, trata-se realmente de um método hermenêutico, não ontológico. A questão não é o que significa estar vivo, em termos científicos objetivos. Trata-se, antes, de como, em nossa vida cotidiana, ao experimentarmos algo como vivo (um animal tem vida, uma pedra não), aplicamos certos critérios que já trazemos em nós: trata-se dessa abordagem hermenêutica. Também nesse sentido, é possível que, por trás de todos esses nomes que mencionei, Kant seja crucial.

Você estudou filosofia na Universidade de Liubliana e escreveu uma tese de doutorado sobre Heidegger. Por que escolheu Heidegger?

Talvez eu deva apenas acrescentar que, embora minha tese de doutorado tenha sido sobre Heidegger, meu primeiro livro – publicado quando eu tinha 22 anos – não foi minha tese, e sim minha monografia da graduação. Ela é uma mistura de Heidegger e Derrida, com um título muito embaraçoso: *A dor da diferença*. É mais um dos livros que é melhor não mencionar na minha presença! Foi um trabalho inicial e bastante confuso. Depois disso, minha tese de mestrado foi sobre as teorias francesas da prática simbólica, abrangendo Derrida, Kristeva, Lacan, Foucault e outros, mas sua orientação não foi muito clara. Só na minha segunda tese doutoral, no fim da década de 1970, foi que despontou uma orientação lacaniana clara.

Mas por que Heidegger, já que estamos voltando tanto a ele? Devo dizer que estou cada vez mais convencido de que Heidegger, apesar de todas as críticas que merece, é o filósofo que nos une, no sentido de que, de certo modo, quase todas as outras orientações de peso significativo se definem por uma espécie de relação crítica com Heidegger, ou por um distanciamento dele. Digo isto no sentido de Foucault, que afirmou em algum lugar que toda filosofia é antiplatônica (todo filósofo tem que apontar, tem que marcar sua distância de Platão), ou como no século XIX, quando havia uma possibilidade de articular um anti-hegelianismo, o que significava exatamente isto: um distanciamento de Hegel. Creio que, em nosso contexto, é a distância de Heidegger que é crucial.

E é típico que essa distância assuma, em geral, a forma não de uma limitação absoluta, mas de uma espécie de condicional ambígua: endossa-se parte da coisa e depois se diz: mas Heidegger não foi longe o bastante. Por exemplo, os marxistas diriam: "Sim, *O ser e o tempo* é um grande avanço, com sua idéia teórica abstrata do ego como sujeito da percepção, do *Dasein* que se engaja no mundo, ou que é atirado nele", mas diriam que Heidegger perdeu de vista a dimensão social.

Até alguém como Derrida, por exemplo, diria: "Sim, Heidegger começou a crítica da metafísica da presença, mas sua idéia do evento de apropriação ainda é muito fechada". Heidegger quase conseguiu, mas não foi longe o bastante. Nesse sentido, penso que ele é uma figura-chave aqui, de certo modo. Voltando à situação da Eslovênia naquela época, acho que tive sorte, no sentido de que, justamente pelo fato de a Eslovênia não ser uma presença filosófica internacional marcante (em outras repúblicas, como a Croácia e a Sérvia, havia, sob a forma dessa Escola da Práxis do Marxismo Humanista, uma presença mais internacional), existiam representantes de todas as outras orientações predominantes da filosofia. Tínhamos a Escola de Frankfurt, os marxistas, os heideggerianos, tínhamos filósofos analíticos e assim por diante. Logo, tive muita sorte de ser exposto a todas as orientações predominantes.

Quão intensa era sua consciência da interpretação derridiana de Heidegger quando você fez sua pesquisa?

Muito intensa. Tenho uma clara lembrança disso como uma mudança fundamental, uma grande descoberta, já no começo de 1968, quando eu estava no primeiro ano de meus estudos universitários. Sendo quase religioso por um momento, eu diria que isso foi quase um mistério, pois lembro-me de que mal falava francês, mas, com alguns amigos cujo francês era melhor, começamos a ler a *Gramatologia* de Derrida. Foi uma espécie de ano mágico, em que seus três livros foram lançados praticamente ao mesmo tempo: *Gramatologia*, *A voz e o fenômeno* e *A escritura e a diferença*. Houve de fato uma estrutura de revelação (embora, mais tarde, eu tenha me afastado de Derrida); foi um "heureca!" – de algum modo, sabíamos que o caminho era aquele, antes mesmo de o compreendermos. Em retrospectiva, descobri que me havia equivocado a respeito de muitas coisas, mas a percepção imediata foi: "Santo Deus, esse é o ponto!"; e, de algum modo, sabíamos que devíamos segui-lo. Portanto, eu não apenas tinha consciência da interpretação de Heidegger feita por Derrida, como foi justamente isso que me interessou. Creio que, sem Derrida, provavelmente eu teria acabado como heideggeriano. Foi Derrida quem deu esse primeiro impulso para me afastar de Heidegger. O que eu procurava em Derrida era um modo de romper com Heidegger, e lembro-me de como fiquei frustrado com o fato de, nesse primeiro livro genial, o próprio Derrida ter evitado o tema "Heidegger". Só em alguns escritos posteriores, creio que do início da década de 1970, foi que ele abordou Heidegger diretamente.

De modo que, sim, Derrida foi crucial para meu afastamento de Heidegger. Na verdade, durante uns dois anos, influenciados por ele, eu e meu grupo nos movemos numa espécie de espírito ecumênico ingênuo, tentando absorver tudo que vinha da França: Lévi-Strauss, Foucault, Kristeva, Lacan etc.

No começo, é claro, Lacan foi totalmente incompreensível para nós, e levamos alguns anos – para ser franco, até mais ou menos 1975-1976 – para, depois de outra revelação quase religiosa, finalmente fazermos uma escolha: Lacan. Portanto, esse foi um período de confusão e experimentação. Mas é interessante notar que, na edição do inverno de 1967-1968 de nossa revista eslovena, *Problemi*, que até hoje ainda é nossa, já havíamos publicado uma tradução de dois capítulos da *Gramatologia*. Creio que talvez essa tenha sido a primeira tradução, não do livro inteiro, mas de alguns capítulos de Derrida para uma língua estrangeira.

No começo da década de 1970, você havia concluído uma tese de doutorado sobre Heidegger e publicado seu primeiro livro. Para a maioria dos pós-graduados, isso indicaria uma carreira promissora no ensino superior, mas, em vez disso, você se descobriu bastante marginalizado no mundo acadêmico iugoslavo. Pode explicar essa situação?

Sim – na verdade, descobri-me desempregado. O período de 1971-1972 até o fim dos anos 70 representou uma fase final de florescimento do comunismo de linha dura, e era muito difícil arranjar emprego – praticamente impossível encontrar emprego no magistério – sem ser marxista. Os professores do meu departamento tinham-me prometido um emprego, e eu já me havia candidatado a um cargo de assistente no Departamento de Filosofia. O cargo que me estaria reservado era o de professor assistente de Filosofia Burguesa Contemporânea Moderna (é claro que gosto desse título – eram tempos marxistas, afinal!). Mas, a certa altura, ouvi uns boatos de que as perspectivas não andavam boas para mim e, de repente, fui informado: "Você está fora". Depois disso, passei quatro anos desempregado, de 1973 até o fim de 1977.

Por que você não era considerado marxista?
Por duas razões, eu diria. Primeiro, de certo modo eu não era marxista; situava-me em algum ponto entre Heidegger e Derrida e, mesmo quando me aproximei mais de pessoas como Althusser, seria difícil dizer que eu era realmente marxista. Mas o mais complicado era que todas as orientações predominantes na Eslovênia – os marxistas, a Escola de Frankfurt, a filosofia analítica, os heideggerianos e assim por diante – opunham-se ferozmente ao pensamento francês: estruturalismo, pós-estruturalismo etc. Portanto, eu diria que isso foi um problema ainda maior do que não ser marxista ortodoxo.

Seu interesse pelo pensamento francês era visto como uma ameaça?
Sim, com certeza. Mas não foi assim que eles formularam a coisa em termos oficiais. Para eles, isso era apenas o fenômeno de um modismo barato, que não devia ser levado a sério. Logo, foi simplesmente descartado. Lembro-me de que, quando terminei minha tese de mestrado, tive que escrever um complemento especial, porque a primeira versão foi rejeitada, por não ser

suficientemente marxista! E, assim, fiquei desempregado por quatro anos, e aí surgiu um paradoxo: passei dois anos trabalhando numa coisa chamada Centro Marxista do Comitê Central do Partido. É um típico paradoxo da antiga Iugoslávia. Do ponto de vista marxista, eu não era suficientemente bom para trabalhar no Departamento de Filosofia, mas era bom o bastante para o Comitê Central – ainda que se tratasse de um trabalho muito insignificante, que implicava redigir atas de pequenas reuniões para órgãos diferentes. Era uma coisa meio cínica.

Talvez eles quisessem ficar de olho em você...

Decididamente. Mas, ainda assim, acho que os professores que organizaram aquilo estavam basicamente cuidando dos meus interesses. Eu era jovem, tinha um filho, estava desempregado e, é preciso reconhecer, essas pessoas foram muito francas quanto à situação. Disseram-me que, na circunstância política vigente, estava fora de cogitação eu me tornar professor: seria problemático demais e, em termos políticos, arriscado demais. Assim, elas tentaram me arranjar um trabalho de pesquisa, como medida temporária. Mas houve outras complicações, e não pude conseguir o emprego que elas queriam para mim, como pesquisador de filosofia. Assim, em 1979, quando percebi que estava num impasse, arranjei um trabalho, através de meus amigos heideggerianos, no Departamento de Sociologia do Instituto de Ciências Sociais da Universidade de Liubliana. E, durante cerca de onze anos, não trabalhei na minha área. Todo mundo sabe que sou realmente filósofo, que não tenho coisa alguma a ver com a sociologia, mas tive de fingir.

O que eu fazia era o que sempre tinha feito – filosofia –, e eles simplesmente toleravam. Portanto, não tenho do que me queixar.

Creio que tudo isso – dá para perceber que estou num clima teológico – foi controlado pela mão oculta do destino. Penso que foi tudo uma bênção disfarçada. Sabe, quando eu era moço, li a respeito de um sacristão – aquele sujeito que auxilia o padre. É uma história bonita, sobre um indivíduo que vinha fazendo esse trabalho havia vinte anos, e eis que, de repente, chegou uma ordem da hierarquia eclesiástica dizendo que todas as pessoas empregadas pela Igreja tinham que ser alfabetizadas. O padre descobriu que o sacristão era analfabeto e disse: "Sinto muito, mas temos que dispensá-lo; você não pode mais trabalhar aqui". Assim, o sujeito ficou furioso, foi-se embora, sentiu vontade de comprar cigarros e notou que, no longo trajeto para sua casa, não havia nenhuma tabacaria. Então, pegou o pouco dinheiro que tinha e investiu na montagem de uma tabacaria, depois abriu outra, e mais outra e mais outra, até que, passados alguns anos, ficou rico. Tinha tanto dinheiro que, a certa altura, foi a um banco abrir uma conta, ao que o levaram para conversar com o diretor. Ao descobrir que ele não sabia preencher os formulários nem assinar seu nome, o diretor exclamou: "Deus do céu, mesmo sendo analfabeto, o senhor ganhou todo esse dinheiro! Imagine o que teria sido se fosse alfabetizado!". Ao que o homem respondeu: "Sei exatamente o que eu teria sido: um pobre servente mal remunerado de uma igreja".

    Penso que se deu exatamente o mesmo comigo. Acho que, se tivesse conseguido um emprego naquela ocasião, hoje eu seria um pobre professor idiota de Liubliana, provavelmente mexendo um pouquinho com Derrida, um pouquinho com Heidegger, um pouquinho com o marxismo, e por aí vai. Então, foi sem dúvida uma bênção disfarçada, não só porque me impeliu a ir para o exterior – fui para Paris, dei aulas lá para sobreviver e depois estudei com Miller e outros –, mas também porque mais importante ainda foi o fato de não me haverem permitido lecionar nem me haverem oferecido um cargo de pesquisa, e, daquele momento em diante, tentei desesperadamente me agarrar aos cargos de pesquisa. Isso significa, é claro, uma licença sabática permanente. Mais uma vez, portanto, creio que, se interpretarmos minha vida por uma perspectiva escatológica, do ponto de vista da mão oculta de Deus, chego quase a pensar que tudo que pareceu uma infelicidade, originalmente, acabou sendo uma bênção disfarçada.

Isso faz lembrar A igualdade é branca, *de Kieślowski* [*]...

Pode-se dizer a mesma coisa: sem o mal-entendido, que teria sido ele senão um cabeleireiro pobre em Paris? E, agora, é um milionário na Polônia. É exatamente a mesma história, sim.

No começo da década de 1980, você embarcou em outro projeto de doutorado na Universidade de Paris VIII *– dessa vez, em psicanálise lacaniana. Quais foram os antecedentes dessa decisão, e o que o atraiu para a escola parisiense de psicanálise?*

Agora estamos falando do início dos anos 1980; é, eu tinha um doutorado e estava empregado num instituto marginal – não marginal no sentido de ser ruim, mas de que muitas pessoas de lá eram dissidentes ou semidissidentes e não havia, para elas, cargos nos departamentos adequados. Por que Paris? Uma das razões foi, simplesmente, que o progresso estava mais ou menos bloqueado na Eslovênia. Lá não havia perspectivas para mim. A segunda coisa foi que, àquela altura, nós (eu e meu grupo) éramos

---

[*] *A igualdade é branca* (*Blanc*), da chamada "Trilogia das cores" do cineasta polonês Krysztof Kieślowski, deu-lhe o Urso de Prata em Berlim como melhor diretor; os outros filmes da trilogia, inspirada nas cores da bandeira francesa, foram *A liberdade é azul* (*Bleu*) e *A fraternidade é vermelha* (*Rouge*), ambos aclamados pela crítica e também premiados. (N. de T.)

lacanianos ultra-ortodoxos, desde aproximadamente meados da década de 1970. Já tínhamos uma ligação com Jacques-Alain Miller e, com um pouquinho de trapaça, organizamos um grande colóquio e, por um milagre qualquer, arranjamos algum dinheiro para realizá-lo. Acho que o título foi "Psicanálise e cultura", alguma coisa assim (tínhamos que ter "cultura" no título). Convidamos J.-A. Miller e outros lacanianos, como Gerard Miller e Alain Grosrichard, e foi um grande acontecimento público. Houve um entusiasmo enorme, com pessoas de pé nos corredores do lado de fora para ouvir as apresentações. Foi uma espécie de evento fundador místico/mítico da orientação lacaniana eslovena. Depois disso, Miller ofereceu a um de nós o cargo de Assistente Estrangeiro na Universidade de Paris VIII – todo ano eles têm um ou dois cargos para estrangeiros –, e foi a mim que o ofereceu. Fiquei lá um ano e, em seguida, passei mais algumas temporadas de um semestre e, uma vez, até de um ano inteiro em Paris. Foi assim que fiz minha formação lacaniana por uns dois anos.

Ainda acho que aqueles anos em Paris foram quando mais aprendi, no sentido de que era essa a minha formação. Digam o que disserem de J.-A. Miller, ele foi o melhor pedagogo que já conheci. Ele tem o dom absolutamente milagroso da explicação: você pega uma página de Lacan que lhe parece totalmente incompreensível, conversa com ele e você não apenas compreende, mas a coisa lhe fica inteiramente transparente, e você se pergunta: "Meus Deus, como é que eu não entendia? É tão claro!". Portanto, devo dizer com toda a franqueza que meu Lacan é o Lacan de Miller. Antes de Miller, eu não entendia Lacan realmente, e aquele foi para mim um grande período de educação. Naquela época, Miller também fazia seminários públicos com centenas de pessoas na platéia. E depois, no dia seguinte, geralmente havia um seminário fechado. No começo, éramos apenas quinze, ou talvez vinte pessoas tendo um debate intenso, fazendo intervenções – e parecia milagre. Passamos um semestre inteiro estudando "Kant com Sade", linha por linha, e depois avançamos para "Subversão do sujeito e dialética do desejo", e por aí vai. Repetindo, isso realmente me revelou Lacan. Sem isso, é provável que acontecesse algo totalmente diferente. Essa foi a minha grande experiência formativa.

Voltando à antiga Iugoslávia, devo dizer que outras duas experiências também foram muito instrutivas para mim e ainda hoje marcam minha abordagem da ideologia: o exército iugoslavo e o trabalho no Comitê Central, onde pude observar como funcionava por dentro o poder do Partido Comunista. Ali eu já tinha aprendido com a própria vida a idéia básica do funcionamento cínico da ideologia: a idéia de que, para funcionar, a ideologia não deve levar-se demasiadamente a sério. O que me chocava era a que ponto não só os altos quadros do partido não levavam a sério sua própria ideologia oficial, mas o quanto os que a levavam a sério eram percebidos como ameaça. Quer dizer, era uma espécie de condição positiva não levá-la a sério. A idéia era que, se você levasse as coisas demasiadamente a sério, isso já seria um passo para a dissidência.

Houve uma ocasião em que um dos dirigentes do Partido Comunista esloveno fez um discurso para nós, os Jovens Comunistas, enfatizando que todos devíamos ler os dois volumes de *Das Kapital* e que, em nossa vida, todos devíamos seguir a quarta tese de Feuerbach: devemos não só interpretar o mundo, mas modificá-lo. É claro que ele parafraseou essa tese de maneira muito banal – por exemplo, "Não vamos apenas falar e filosofar, mas façamos algum trabalho". Depois, é claro, eu o abordei e disse: "O senhor não sabe que são três os volumes de *Das Kapital*, de Marx, e que essa tese é a 11ª, e não a 4ª?". E recebi uma resposta maravilhosa: "Eu sei, mas essa foi a minha mensagem, não importa quem sabe disso". Trata-se de um exemplo esplêndido de como a coisa funciona. A mensagem era essa indiferença. A mensagem era "Eu não me importo".

Será que existe nisso uma dinâmica psicanalítica, a idéia de que não se deve chegar perto demais da Coisa (stalinista) em si?

Se há alguma dinâmica psicanalítica, então é uma dinâmica estranha, que continua até hoje, porque todos os meus amigos sabem, e riem de mim por isso, que eu ainda vivo muito inserido nesse universo de metáforas stalinistas. Sou absolutamente obcecado com ele. Os filmes a que assisto são, freqüentemente, antigos filmes stalinistas, as músicas que escuto são velhas canções comunistas, e até na vida cotidiana procuro usar o máximo possível as idéias stalinistas, você sabe, de traidor, verdades objetivas, desvios e assim por diante. Portanto, se é que a transferência ainda continua, ainda não a superei. Admito-o plenamente, mas isso também é um prazer para mim.

No fim dos anos 1970, você fundou, com algumas outras pessoas, a Sociedade de Psicanálise Teórica. Quais eram as metas e os propósitos principais da Sociedade? Como era organizada?

A razão principal de a termos fundado foi estarmos excluídos do mundo acadêmico – pelo menos, a orientação lacaniana era excluída. Como sociedade, tínhamos o direito de organizar palestras e cursos para propagar a teoria, o que fazíamos. Mas ainda estávamos no tempo do comunismo, e as pessoas não podiam organizar-se espontaneamente, era preciso ter uma cobertura institucional. Essa foi uma das razões. A outra foi assegurar a autonomia de nossas publicações, porque, mais uma vez, como sociedade, tínhamos o direito de publicar coisas.

Mas a criação da Sociedade foi muito complicada, o que se refletiu em seu título estranhíssimo: Sociedade de Psicanálise *Teórica*. A coisa funcionava de modo que as propostas de novas sociedades tinham que ser mandadas para certas organizações socialistas abrangentes, que então perguntavam a outras sociedades similares – nesse caso, às sociedades de filosofia, sociologia e psicologia – se havia necessidade de uma nova sociedade. Foi um momento muito tenso para nós. Tivemos sorte de os filósofos e sociólogos não nos barrarem. O problema foi com os psicólogos, e especialmente os psiquiatras, que se preocuparam com a possibilidade de que viéssemos a competir com eles. Assim, uma condição da criação da Sociedade foi que acrescentássemos ao título o termo "teórica"; em outras palavras, nada de prática, nada de clínica. Foi uma questão puramente pragmática.

A organização da Sociedade era essencialmente nula. Durante todo o período em que ela existiu, creio que não houve uma única reunião oficial. Não, era tudo feito de maneira totalmente improvisada. Na verdade, ela era dirigida por mim e mais um ou dois amigos. Essa era puramente uma questão prática, para controlar o dinheiro, promover as publicações (a revista *Problemi* e a série de livros, *Analecta*) e coisas similares. Tive de rir – e acho que isso é um belo exemplo de transferência – quando alguns amigos estrangeiros, estudantes mais moços, sugeriram que gostariam de escrever a história da Escola Lacaniana e perguntaram se poderiam ver os arquivos da nossa sociedade. Deus do céu! Não havia nada, não havia arquivos, nada, ela não existia! Era uma escola inexistente!

Vocês não usavam nenhuma de suas habilidades de Comitê Central?

Não, mas usávamos outras habilidades do Comitê Central com um bom efeito stalinista. Por exemplo, era freqüente proclamarmos que um indivíduo era uma "pessoa inexistente" mudando retroativamente as datas etc. – fazíamos todas essas coisas. Éramos muito manipuladores, mas a Sociedade sempre foi um simples instrumento para fazermos publicações, uma ou outra conferência e assim por diante. Na Eslovênia, o bom é que ainda existe um grande apoio estatal para publicações e periódicos, mas ele não é concedido a particulares; é preciso que seja uma publicação institucionalizada. Portanto, precisávamos da Sociedade para obter esses financiamentos.

Sob muitos aspectos, isso refletia uma perfeita estrutura lacaniana: a idéia de *das Ding* (a Coisa) – de que no meio há um vazio, o nada. Muitos de meus amigos achavam que, se havia uma escola lacaniana eslovena e se publicávamos tanto no exterior, que é que deveria acontecer no centro? A resposta era: nada, absolutamente nada. Portanto, era trágico, de certo modo. Era quase como se fôssemos apanhados com as calças na mão quando alguém chegava a Liubliana e tínhamos de dizer que lá não acontecia nada. Três de nós simplesmente nos reunimos como amigos, e só. Aí temos, mais uma vez, a *troika* stalinista da KGB – você sabe que os comunistas sempre se organizaram como *troikas*, como unidades formadas por três, para liquidar pessoas ou o que quer que fosse. Agora somos rigorosamente uma *troika*, com Alenka Zupančič, Mladen Dolar e eu.

A estrutura lacaniana, até certo ponto, decorre da minha patologia pessoal. O que quero dizer com isso é que tenho uma resistência incrível aos rituais do poder. Por exemplo, muitas vezes me meto em encrencas quando estou numa comissão em que um aluno tem que defender sua monografia de fim de curso. Minha pergunta é sempre a mesma: para quê? Minha idéia é sempre: por que passar por esse ritual? Vamos assinar os documentos e pronto, ir a um restaurante e fazer uma boa refeição. Mas noto que as pessoas gostam do espetáculo, do ritual, sem o qual ficam desapontadas. Só que tenho uma profunda resistência aos rituais.

O que é mais uma razão por que a Sociedade é ideal, já que lá não acontece absolutamente nada. Mas podíamos produzir em um ano qualquer documento que você quisesse. Esse sempre foi meu prazer pessoal. Para lhe dar uma idéia – não citarei nomes, porque as pessoas podem me processar –, toda vez que eu visitava uma universidade norte-americana, e provavelmente visitei mais de cem delas, eu tentava, sempre que possível, com a desculpa de que "Ai, meu Deus, talvez eu não tenha onde escrever", roubar um pouco de papel timbrado e envelopes. Desse modo, durante a década de 1990, sempre tinha em casa papel timbrado oficial de umas trinta ou quarenta universidades diferentes.

Acontece que, na Eslovênia, a estrutura era tal que, se você quisesse viajar como pesquisador ao exterior, tinha que apresentar um convite, e, se o convite fosse sério, era praticamente automático você conseguir a verba. Então, por exemplo, uma cena típica consistia em um de meus amigos me procurar e dizer que queria ir ao exterior. Eu dizia: "Tudo bem, para onde você quer ir?". Ele respondia: "Chicago". Então, eu retrucava: "Vamos ver o que tenho para Chicago". Em certa época, acho que eu havia apanhado papel do Departamento de Alemão da Universidade de Chicago, e também tinha alguma coisa da Northwestern. "Muito bem, as alternativas são essas, qual delas você prefere?" Ele escolhia uma, e eu perguntava para que tipo de colóquio gostaria de ser convidado. E, assim, falsificávamos tudo, o que quer que fosse necessário, todos os dados – e, é claro, sempre inventávamos o colóquio. Quero dizer, eu simplesmente escrevia "em nome de" e inventava um nome, para que nenhum de meus amigos se ofendesse, caso a coisa toda viesse à tona. Lembro-me de uma ocasião em que havia realmente um colóquio, mas eu disse a mim mesmo: não, isso não é ético, e aí inventei outro. Disse comigo mesmo: não suporto escrever a verdade, tem de ser uma mentira. Embora fosse mais fácil dizer a verdade, inventei o colóquio. Sou viciado em trabalho: faço o meu trabalho, mas tenho um desejo terrível de falsificar as coisas nesse nível, de falsificar coisas institucionais. Acho que tudo que tem a ver com as instituições deve ser falsificado. Não sei o que é isso, nunca me analiso. Detesto a própria idéia de me analisar.

Quer dizer que a organização lacaniana da Escola também criou uma bela distorção da idéia da carta que sempre chega a seu destino, não é?

Sim, sim, mas você sabe que, por mais louco que isso pareça, esse tipo de organização é extremamente prático. Não há problemas do tipo "Meu Deus, e se houver facções diferentes...?", "E se as pessoas concordarem ou não concordarem com isso?". Tudo pode ser feito instantaneamente. Certa vez, por exemplo, precisávamos de dinheiro para uma publicação, e aí nos disseram que, como se tratava de um projeto grande, precisávamos ter na Sociedade uma comissão editorial que discutisse e aprovasse o projeto. Respondi: tudo bem, nós a temos. Em seguida, fui para casa e, em meia hora, redigi o documento, colocando uma data retroativa – sabe, podia-se falsificar tudo num instante. Era tudo perfeitamente funcional, de modo que, num sentido mais profundo, não acho que estivéssemos trapaceando. O trabalho sempre era feito, razão por que digo tudo isto publicamente. Se alguém nos dissesse: "Ei, esperem aí, vocês estão trapaceando; e os projetos dos outros?", minha resposta seria que o que o Estado esloveno recebia por nos dar dinheiro era muito mais do que receberia se o desse para outras publicações. Formalmente, era uma trapaça, mas era extremamente eficiente.

Em 1989, seu livro The sublime object of ideology *foi publicado pela Verso e se tornou um clássico instantâneo. Como você explica esse sucesso?*

O interessante é que, muito antes disso, eu já publicara algumas coisas na França, mas elas tinham sido um fracasso, não se saíram bem. Assim, quando você diz que *The sublime object* foi um clássico instantâneo, creio que não cabe a mim julgar; mas o que eu diria – para lhe dar uma explicação maçante e antiquada – é que a questão foi mais o lugar ocupado por esse livro. Não foi propriamente sua qualidade intrínseca, mas sim que, sem saber, toquei num ponto importante. Acho que as pessoas provavelmente estavam cansadas daquela história padronizada de análise do discurso e que era simplesmente o momento certo para uma coisa desse tipo; eu apenas estava lá na hora certa. Sempre existe esse momento de sorte. É o caso, por exemplo, de *O ser e o tempo*, de Heidegger; claro, é um grande livro, mas houve também esse momento de sorte, no sentido de que ele chegou na hora certa.

Se você quer saber, creio que meu segundo livro, por exemplo, *Eles não sabem o que fazem*, foi mais substancial em termos teóricos, mas é tipicamente menos popular, com menos piadas obscenas e assim por diante. Muita coisa depende das circunstâncias. Você sabe que meu primeiro livro em francês (sem contar o volume da coleção sobre Hitchcock), *O mais sublime dos histéricos**, do qual eu diria que quase dois terços se superpõem a *The sublime object*, não causou nenhum grande impacto, embora não

---

* *Le plus sublime des hystériques: Hegel passe* (Paris, Point Hors Ligne, 1988). Ed. bras. *O mais sublime dos histéricos: Hegel com Lacan*, trad. Vera Ribeiro, Rio de Janeiro, Jorge Zahar, 1991). (N. de T.)

tenha sido um completo fiasco. Então, por aí você vê como essas coisas são contingentes. Uma coisa que explode aqui pode praticamente desaparecer em outro lugar.

Ele se tornou muito popular entre os alunos de pós-graduação.

É, devo dizer que foi disso que gostei na popularidade do livro, dessa espécie de solidariedade de classe trabalhadora: quanto mais se descia no nível acadêmico, mais ele era popular. Ouvi a mesma história em toda parte: meu reduto era entre os alunos de graduação, não entre os grandes catedráticos. Acho que gosto disso.

Logo depois da publicação de The sublime object, *você criou sua própria série de livros na editora Verso, sob o título de* Wo es war. *Pode falar um pouco desse projeto e de sua orientação geral?*

A série *Wo es war* representa uma certa leitura de Lacan, que é filosófica e, ao mesmo tempo, vai além das limitações dos estudos culturais típicos, em termos de sua orientação política. Minha grande ambição era permitir que outras pessoas que me eram próximas, especialmente meus amigos eslovenos Alenka Zupančič e Mladen Dolar, publicassem textos no exterior. Essa foi outra razão para eu querer a série. Mas a orientação básica é a leitura filosófica de Lacan, além desse toque político específico. Para isso, eu precisava de uma série, a fim de desenvolver um projeto coerente, com uma direção clara.

Nesse aspecto, creio que sou meio stalinista, visto que confio na coletividade – não no nível do trabalho imediato, porque não acho que seja possível escrever com outras pessoas, mas tem que haver um projeto comum. E nisso sou muito dogmático. Precisei de algum tempo para aprendê-lo, mas creio que me tornei um verdadeiro filósofo quando compreendi que não existe diálogo na filosofia. Os diálogos de Platão, por exemplo, são claramente falsos diálogos em que um sujeito fala quase o tempo todo, enquanto o outro basicamente diz: "Sim, entendo, sim, meu Deus, é justamente o que você disse, Sócrates, puxa vida, é isso mesmo!". Solidarizo-me plenamente com Deleuze, que disse, em algum lugar, que quando um verdadeiro filósofo ouve uma frase como "Vamos discutir esse ponto", sua resposta é: "Saiamos daqui o mais depressa possível, vamos fugir!". Mostre-me um diálogo que tenha realmente funcionado. Não há nenhum! Ou seja, é claro que houve influências passando de um filósofo para outro, mas é sempre possível demonstrar que, na verdade, elas constituíram mal-entendidos. Não; a meu ver, em todos os filósofos verdadeiros, radicais, há um momento de cegueira, e creio que esse é o preço que se tem de pagar. Não acredito em filosofia como uma espécie de projeto interdisciplinar – isso é o pesadelo supremo. Isso não é filosofia. Nós, filósofos, somos loucos: temos certa percepção e a afirmamos repetidamente. É por isso que, embora hoje existam alguns desentendimentos políticos e teóricos entre Ernesto Laclau e eu, creio que por aí se pode perceber que ele é um verdadeiro filósofo teórico. Ele tem, como diriam os alemães, com seu jeito agradável, uma certa *Grundeinsicht*, um discernimento fundamental, e esclarece vez após outra os mesmos pontos: antagonismo, hegemonia, significante vazio. Será que, basicamente, não conta a mesma história, repetidas vezes? Isto não é uma crítica. Penso que é a prova de que ele é o que existe de real, a verdadeira qualidade. Ou seja, o filósofo não é aquele que diz "vamos escrever sobre isto, vamos escrever sobre aquilo" etc.

Nesse sentido, portanto, é assim que trabalhamos (a *troika* formada por Mladen Dolar, Alenka Zupančič e eu). Essa é a minha idéia de comunidade filosófica. Conversamos muito, discutimos, mas, em última instância, ficamos sozinhos, e isso funciona perfeitamente, a meu ver. Não freqüentamos seminários juntos. Quando precisamos conversar, conversamos. Há uma velha fórmula romântica que diz que a verdadeira companhia só existe quando se pode compartilhar a solidão, ou qualquer baboseira dessas. E é assim que funcionamos.

Desde The sublime object, *você tem escrito em média um livro por ano, com numerosas publicações complementares. Isso é uma expressão da pulsão psicanalítica?*

É, e sabe em que sentido? Minha referência, nesse ponto, seria *O iluminado*, de Stephen King. O que as pessoas tendem a esquecer é que esse romance é basicamente sobre o bloqueio do escritor. Na versão cinematográfica, o personagem de Jack Nicholson está sempre datilografando a mesma frase, não consegue começar seu texto, e aí a situação explode nos assassinatos a machadadas. Mas penso que o verdadeiro horror, na verdade, é o oposto: é ter a compulsão de escrever sem parar. Isso é muito mais apavorante do que o bloqueio do escritor, a meu ver. Do mesmo modo, quando Kierkegaard se refere ao ser humano como um animal que permanece doente até a morte, o verdadeiro horror é a imortalidade, é o fato de que isso nunca acabará. Esse é meu horror – simplesmente não consigo parar.

E detesto escrever. Detesto intensamente escrever, não consigo dizer-lhe o quanto. No momento em que chego ao fim de um projeto, vem a idéia de que não consegui realmente dizer o que pretendia, de que preciso de um novo projeto – é um perfeito pesadelo. Mas toda a minha economia da escrita baseia-se, na verdade, num ritual obsessivo para evitar o ato efetivo de escrever. Nunca parto da idéia de que vou escrever algo. Sempre tenho que começar por uma ou duas observações que levam a outros pontos, e assim sucessivamente.

Então, é quase como você usar um ardil para se induzir a escrever?
Com certeza é.

É por isso que há essa enorme profusão de exemplos da vida do povo em seus textos?
É. E há em meu trabalho um movimento dialético que penso ser semelhante ao de Lacan. O que é muito bom de observar, ao ler Lacan, é como ele usa certo exemplo e depois volta a ele, vez após outra. Há sempre mais num exemplo do que um mero exemplo. É o caso da história dos três prisioneiros, em seus primeiros escritos sobre a lógica do tempo e os três momentos fundamentais: o momento de ver, o momento de compreender e o momento de concluir. É interessante observar como, desde sua primeira interpretação, mais ou menos em 1945, ele retorna repetidamente a essa lógica, dando-lhe interpretações completamente diferentes.

Mesmo que você leia atentamente o modo como Lacan se refere ao *fort/da* freudiano, não se trata da mesma coisa, de forma alguma, já que, vez após outra, ele retorna a isso de um modo diferente[1]. No final das contas, o elemento do *fort/da* – o pedacinho de madeira que a criança joga na água, puxa e torna a jogar – não funciona como um significante, em absoluto, mas como o objeto; trata-se do desaparecimento do objeto. Assim, mais uma vez, notei com que freqüência a mesma coisa acontece comigo. Quando uso um exemplo pela primeira vez, em geral sou obtuso demais para compreender plenamente suas implicações – ainda

---
1. Freud interpreta a brincadeira obsessiva infantil de jogar um carretel (*fort* = "sumiu") e tornar a puxá-lo (*da* = "tá aqui") como uma maneira de lidar com a ausência materna (e com a ausência em geral). Através da brincadeira, a criança aprende a simbolizar a ausência traumática da mãe, de modo que essa ausência já não seja uma simples ausência, mas se transforme num *momento* de uma sucessão contínua de presenças-ausências.

não cheguei ao nível desse exemplo. É só no livro seguinte, ou até depois, quando retorno ao mesmo exemplo, que desenvolvo plenamente seu potencial.

Essa é uma das razões por que alguns de meus leitores, eu sei, se aborrecem com o fato de certos livros meus parecerem repetitivos. Mas não é uma simples repetição; trata-se, antes, de que tenho de esclarecer, tenho de transmitir o ponto que deixei escapar da primeira vez. Seria essa, portanto, a lógica da minha referência a exemplos, esta necessidade intrínseca de esclarecer as coisas.

Ao mesmo tempo, num contexto hegeliano, a maneira de superar uma idéia é exemplificá-la, mas o exemplo nunca exemplifica simplesmente uma idéia; em geral, diz o que há de errado com ela. É isso que faz Hegel, vez após outra, na *Fenomenologia do espírito*. Ele toma uma postura existencial, como o esteticismo ou o estoicismo. E como é que a critica? Simplesmente, expondo-a como uma certa prática de vida, mostrando como a própria encenação efetiva dessa atitude produz um algo mais que a solapa. Desse modo, o exemplo sempre solapa minimamente aquilo que exemplifica.

Mas outro aspecto de meu impulso de exemplificar também pode ser o de esconder, de recalcar uma espécie de fascínio que retiro desses exemplos. A idéia, é claro, é que sou uma espécie de personalidade superegóica – a rigor, o próprio supereu básico, do qual todo gozo direto é proibido. Assim, você sabe, só me permito desfrutar das coisas quando consigo convencer-me de que esse gozo serve para alguma coisa, serve a uma teoria. Por exemplo, não posso desfrutar diretamente de um bom filme policial; só me permito usufruí-lo quando posso dizer: "Certo, talvez eu possa usar isso como exemplo". Assim, vivo sempre nesse estado de tensão: na verdade, ele existe quase que no cotidiano. Sou praticamente incapaz de me comprazer diretamente, ingenuamente, com um filme. Mais cedo ou mais tarde, fico com a consciência pesada, algo assim como "espere aí, tenho de ter uma serventia para isso, usá-lo de algum modo".

Mais uma vez, portanto, talvez a coisa seja complexa nesse nível. Mas outro argumento, proveniente de outro aspecto, é minha profunda desconfiança com esse tipo de estilo patético heideggeriano. Tenho uma espécie de compulsão absoluta a vulgarizar as coisas, não no sentido de simplificá-las, mas no sentido de destruir qualquer identificação patética da Coisa, razão por que gosto de saltar de repente da teoria mais elevada para o exemplo mais vil possível. Assim, por exemplo, num novo livro sobre ópera (em co-autoria com Mladen Dolar)[2], afirmo que a oposição entre Rossini e Wagner deve ser concebida nos moldes das duas modalidades do sublime: o sublime matemático e o dinâmico. Para deixar isso claro, tomo um exemplo muito elementar sobre o qual li em algum lugar: o da cunilíngua. Quando o homem pratica a cunilíngua numa mulher, quando acerta na mosca e a mulher diz "assim, assim, mais, mais", o que geralmente acontece é que o homem usa a língua mais depressa e com mais força – o que é um erro. Deveria apenas fazê-lo quantitativamente mais. A diferença é que as mulheres pensam em termos do sublime matemático – quantitativamente mais –, enquanto os homens pensam em termos do sublime dinâmico, e aí estragam tudo. Esse é um exemplo que me foi confirmado por muitos amigos. O erro comum é que, quando a mulher diz "sim, sim, assim", o homem pensa que ela quer dizer "mais depressa e com mais força", mas, justamente, não é nada disso.

---

2. S. Žižek e M. Dolar. *Opera's second death* (Londres, Routledge, 2001).

Você é conhecido por tomar posições drásticas em sua filosofia. Isso é uma estratégia deliberada contra as abordagens mais interdisciplinares do pensamento pós-moderno e pós-estruturalista?

Por um lado, eu me considero um filósofo stalinista extremado. Ou seja, fica claro onde eu me situo. Não sou adepto de combinar coisas. Detesto essa abordagem de pegar um pouquinho de Lacan, um pouquinho de Foucault, um pouquinho de Derrida. Não, não confio nisso; acredito em posições bem definidas. Acho que a postura mais arrogante é essa aparente modéstia multidisciplinar de "o que estou dizendo não é incondicional, é apenas uma hipótese", e por aí vai. Isso é realmente uma postura de extrema arrogância. Creio que a única maneira de ser franco e ficar exposto à crítica é afirmar de maneira clara e dogmática onde você está. É preciso correr o risco de tomar uma posição.

Por outro, como fica claro em todo o meu trabalho, o que eu combato é uma certa classificação espontânea, surgida há uns quinze ou vinte anos, segundo a qual, pelo menos no campo anglo-saxão, Lacan é tido como um dos chamados pós-estruturalistas. Como já afirmei em outro lugar, com Judith Butler e Ernesto Laclau[3], penso que o próprio termo "pós-estruturalismo" é uma fraude. Tipicamente, é um termo que não existe, a meu ver. Ninguém usa os termos "desconstrucionismo" ou "pós-estruturalismo" na França. Isso é justamente o que os hegelianos chamariam de uma categoria reflexiva. O pós-estruturalismo só aparece a partir da voz alemã anglo-saxônica. É um grande mistério que todos falem disso como uma categoria da filosofia francesa, mas

---

3. Žižek refere-se ao debate a três vozes, em J. Butler; E. Laclau; S. Žižek. *Contingency, hegemony, universality: Contemporary dialogues on the left* (Londres, Verso, 2000).

ninguém fale dessa categoria na França. Acho que é apenas uma categoria que diz muito da percepção anglo-saxônica ou alemã do pensamento francês.

Nessa percepção, a doxa típica é que há os heideggerianos, há, digamos, a Escola de Frankfurt e os habermasianos, há os desconstrucionistas e os pós-estruturalistas e, a certa altura, Lacan é incluído entre estes últimos. O que estou tentando transmitir é que, para compreender Lacan adequadamente, deveríamos mudar todo o mapa filosófico. Acho que essas não são as distinções corretas. Primeiro – e essa idéia me foi originalmente sugerida por Simon Critchley (embora, na verdade, ele simpatize mais com a orientação desconstrucionista) –, creio que, a rigor, se você examinar de perto, verá que a oposição entre Habermas e Derrida não é tão radical quanto parece. Chego quase a pensar que eles são as duas faces de uma mesma moeda. O problema de ambos é o mesmo. É o problema da abertura para a Alteridade, o problema de como sair dessa subjetividade encerrada em si mesma, de como nos abrirmos para a Alteridade. E penso, para usar uma batida expressão lacaniana, que cada um deles simplesmente dá ao Outro sua própria mensagem: a verdade recalcada uns dos outros. Ou seja, contrariando Derrida, Habermas tem razão ao dizer que, quando se enfatiza apenas a abertura radical para o Outro, isso pode equivaler a um fechamento extremamente idiossincrático, se essa abertura não for operacionalizada num conjunto de regras estabelecidas. Caso contrário, tem-se apenas a abertura radical para a Alteridade, e isso também pode ser o nome de um fechamento. No entanto, acho que Derrida está certo, em oposição a Habermas, ao afirmar que, quando se traduz a abertura para o Outro num conjunto de normas positivas de comunicação, também se fecha a dimensão da Alteridade. Assim, seria possível dizer que um deles complementa o outro.

Portanto, repetindo, minha primeira intervenção aqui seria dizer que Habermas e Derrida nada têm de opostos.

E eu até iria um passo além. Tomemos os recentes avanços dos derridianos em termos da vertente teológica de Lévinas – não no sentido de uma teologia metafísica positiva, mas da idéia de um núcleo não desconstruível de desconstrução como apelo da Alteridade incondicional –, no qual o fundamento da ética é indicado em termos de uma responsabilidade infinita para com o abismo de Alteridade que se dirige a nós. Isso não constitui o horizonte ético de Lacan. Mais uma vez, precisamos mudar as coordenadas.

Muitas vezes, meus amigos derridianos me atacam, dizendo: "Mas, por que você sempre insiste nessa diferença em oposição a Derrida?", sendo que, apesar de tudo, com certeza fazemos parte da mesma orientação geral. Não, acho que não. E não digo isso apenas para enfatizar a distância, à maneira mesquinha do narcisismo das pequenas diferenças. Creio que, toda vez que se afirma que Lacan é um dos desconstrucionistas, essa designação, em última análise, não é neutra; os desconstrucionistas propriamente ditos já venceram. Ou seja, fica claro que, dentro desse âmbito, Lacan passa a ser percebido como alguém que ainda está um pouquinho na metafísica da presença, não muito, e, portanto, já temos uma normatividade, e o que parece ser um campo neutro já está hegemonizado por certa versão da desconstrução.

Creio que devemos insistir, mais do que nunca, em que a posição de Lacan é muito radical. Ele não pertence nem ao campo da hermenêutica nem ao da teoria crítica padrão, nem à Escola de Frankfurt, nem ao campo da desconstrução. Está inteiramente fora dessas coordenadas.

E, mais uma vez, penso que, especialmente hoje, quando todas essas opções filosóficas padronizadas – em particular as três grandes orientações identificadas com a filosofia do continente europeu (hermenêutica, Escola de Frankfurt e desconstrucionismo) – estão claramente numa espécie de crise, e parecem haver esgotado suas possibilidades, é mais importante do que nunca, para os lacanianos, designar com clareza a distância que há entre eles, e não se deixarem arrastar para o mesmo abismo.

Por outro lado, você também criticou alguns filósofos modernos por fabricarem crises falsas. Que quer dizer com isso?

Um exercício favorito dos intelectuais, ao longo de todo o século XX – e que também pode ser considerado sintomático do que Badiou chama de "paixão pelo Real" (*la passion du réel*) –, foi a ânsia de "catastrofizar" a situação: qualquer que fosse a situação de fato, era *preciso* denunciá-la como "catastrófica", e, quanto melhor ela parecia, mais solicitava esse exercício. Heidegger denunciou a era atual como a de maior "perigo", a época do niilismo consumado; Adorno e Horkheimer viram nela a culminação da dialética do Iluminismo no mundo governado, até chegarmos a Giorgio Agamben, que definiu os campos de concentração do século xx como a "verdade" de todo o projeto político ocidental. Recordemos a figura de Horkheimer na Alemanha Ocidental da década de 1950: enquanto denunciava o "eclipse da razão" na moderna sociedade ocidental de consumo, ele defendia essa mesma sociedade, simultaneamente, como uma ilha solitária de liberdade, num mar de sistemas totalitários e ditaduras corruptas espalhados por todo o globo. Foi como se o velho dito irônico de Churchill sobre a democracia como o pior de todos os regimes políticos, à exceção de todos os demais, fosse repetido aqui com seriedade: a "sociedade administrada" do Ocidente é o barbarismo disfarçado de civilização, o ponto mais alto de alienação, a desintegração do indivíduo autônomo etc., mas todos os outros regimes sociopolíticos são piores, de modo que, comparativamente, mesmo assim é preciso apoiá-la.

Por isso, sinto-me tentado a propor uma leitura radical dessa síndrome: e se o que os intelectuais infelizes não conseguem suportar for o fato de levarem uma vida que é basicamente feliz, segura e confortável, de modo que, para justificar sua vocação superior, eles têm que construir um cenário de catástrofe radical?

No fim da década de 1980, ocorreram profundas mudanças no panorama sociopolítico do Leste Europeu. Você já era muito atuante no "movimento alternativo" da Eslovênia e, em 1990, apresentou-se como candidato na primeira eleição pluripartidária da recém-fundada República da Eslovênia. Isso foi um gesto deliberado de rompimento com qualquer síndrome da "bela alma"? Pode explicar as circunstâncias que cercaram essa decisão?

Devo dizer que, embora eu fosse uma espécie de semidissidente e estivesse desempregado, meu engajamento político ativo teve um início relativamente tardio, na segunda metade da década de 1980, porque antes disso os dissidentes radicais politizados eram heideggerianos ou pós-marxistas, e nós não tínhamos boas relações com nenhum deles. O objetivo de meu engajamento político era muito limitado. Era simplesmente impedir que a Eslovênia se transformasse em outro país como a Croácia ou a Sérvia, onde um só grande movimento nacionalista hegemonizou tudo. Como obtivemos êxito, a Eslovênia é um país com um sentimento muito mais disperso de lugar, e a tentação nacionalista se dissipou. Logo, não foi um engajamento político fundamental.

Quanto à famosa presidência, para começar, trata-se de uma presidência, não de um presidente. Fui candidato, em 1990, a um órgão coletivo que compõe a presidência. Terminei em quinto lugar. Perdi, mas não levei isso muito a sério. Em termos de cargos políticos, nunca me interessei por fazer nenhum tipo de política cultural, ou seja lá o que fosse. A única coisa que me interessava – de novo a velha história, mas não é piada – era ser ministro do Interior ou chefe do Serviço Secreto, e, por mais louco que isso pareça, eu teria sido seriamente considerado para ambos. É provável que, se o tivesse desejado, anos antes, eu poderia ter conseguido um desses cargos.

Acho que você teria sido um bom chefe do Serviço Secreto.

É, mas sabe o que os meus amigos me diziam? Ótimo, perfeito, é só nos dizer com uma semana de antecedência, que nós sairemos do país! A idéia era meio maluca. Não, eu a considerei seriamente, mas aí, é claro, logo me dei conta de que seria um trabalho de 24 horas por dia. Ou seja, não se pode de fato fazer isso e continuar a produzir teoria também – e, para mim, é fisicamente impossível abandonar a teoria. Então foi isso.

Mais uma vez, você tem razão ao sugerir, em sua pergunta, que o que me atraiu para a chamada "política do real" foi a urgência absoluta de evitar qualquer síndrome da bela alma – você sabe, essa história de o pior dos pensadores sair-se bem por ser capaz de escrever uma boa crítica sobre como estão as coisas. Não, acho que se você entrar na política tem de ir até o fim, de forma pragmática e cruel. Eu não tinha nenhum problema a esse respeito.

Essa é também uma das coisas que você admira em Lenin.

É, mas com Lenin sempre foi um compromisso substancial. Sempre sinto certa admiração pelas pessoas que sabem que as coisas têm que ser feitas por alguém. O que detesto nesses acadêmicos liberais pseudo-esquerdistas, do gênero bela alma, é que eles fazem o que fazem com plena consciência de que outra pessoa fará o trabalho em seu lugar. Por exemplo, isso chega ao absurdo em muitos de meus amigos norte-americanos, que fingem ser esquerdistas, anticapitalistas e assim por diante, mas também jogam no mercado de ações – e, assim, contam secretamente com o bom funcionamento das coisas, com os títulos e ações correndo bem, e por aí vai. Admiro as pessoas que se dispõem a assumir o poder e a fazer o trabalho sujo, e talvez isso faça parte de meu fascínio por Lenin. Ele nunca adotou a postura do "Oh, não somos responsáveis, as coisas funcionam de outra maneira, que podemos fazer?". Não; de certo modo, somos absolutamente responsáveis. Isso nada tem a ver com conformismo, muito pelo contrário. Se você está no poder, realmente no poder, isso tem um significado muito radical. Significa que você não tem desculpas. Não pode dizer "Lamento, não é culpa minha". Tenho um respeito considerável pelas pessoas que não perdem o sangue-frio, pelas pessoas que sabem que não há saída para elas.

E, por fim, deixe-me fazer-lhe uma típica pergunta popular: se você tivesse de levar um livro, um CD e um vídeo para uma ilha deserta, o que levaria?

Agora você terá uma surpresa. Livro: Ayn Rand, *A nascente*[*] – o clássico protofascista sobre um arquiteto fanático. Sim, com certeza, é esse. O CD seria um de Hanns Eisler, o compositor brechtiano que escreveu o hino nacional da Alemanha Oriental. Há um CD dele chamado *Historische Aufnahmen* [Gravações Históricas], que basicamente reúne textos de Brecht datados de logo depois da Segunda Guerra Mundial (a maioria deles foi gravada no começo da década de 1950), e especialmente a gravação de

---

[*] No original, *Fountainhead* (*A nascente*, Porto Alegre, Ortiz, 1993). (N. de T.)

"A mãe", *die Mutter*, de Brecht, cantada por Ernst Busch, o grande cantor stalinista da Alemanha Oriental. Quanto ao vídeo, isso está perfeitamente claro: *Opfergang*, de Veit Harlan. Veit Harlan foi o grande diretor nazista. Ele também dirigiu *O judeu Süss* e *Kolberg*, mas, em 1944, filmou o auge do melodrama romântico, *Opfergang*, que significa "sacrificial" ou "sacrifício". Sem sombra de dúvida, eu levaria esses três – não há dúvida, não é preciso nem um minuto de reflexão. É uma loucura, mas é a vida.

Conversa 2
A loucura da razão: encontros com o Real

GLYN DALY: *Deixe-me começar fazendo-lhe uma pergunta sobre a filosofia em geral e o papel que ela deve desempenhar. É possível falarmos de filosofia em termos de um papel específico?*

ŽIŽEK: Muitas vezes, outras disciplinas assumem (pelo menos em parte) o papel "normal" da filosofia: em algumas nações do século XIX, como a Hungria ou a Polônia, foi a literatura que desempenhou o papel da filosofia (de articular o horizonte supremo de significado da nação no processo de sua constituição plena); nos Estados Unidos de hoje, isto é, na situação de predominância do cognitivismo e dos estudos sobre o cérebro nos departamentos de filosofia, a maior parte da "filosofia continental" se dá nos departamentos de literatura comparada, de estudos culturais, inglês, francês e alemão (como eles dizem, se você analisa as vértebras de um rato, está praticando filosofia; se analisa Hegel, está em literatura comparada!); na Eslovênia da década de 1970, a filosofia "dissidente" era praticada nos departamentos e institutos de sociologia. Há também o extremo oposto de a própria filosofia assumir tarefas de outras práticas e disciplinas acadêmicas (ou até não acadêmicas): mais uma vez, na antiga Iugoslávia e em alguns outros países socialistas, a filosofia foi uma das áreas em que os projetos políticos "dissidentes" se articularam pela primeira vez – tratava-se, de fato, da "política praticada por outros meios" (como disse Althusser a propósito de Lenin). Então, onde é que a filosofia desempenhou seu "papel normal"? Costuma-se evocar a Alemanha – mas será que já não é lugar-comum dizer que o papel extraordinário ali exercido pela filosofia fundamentou-se na demora da realização do projeto político nacional alemão? Como já dissera Marx (pegando uma deixa de Heine), os alemães tiveram sua revolução filosófica (o idealismo alemão) por terem perdido a revolução política (que aconteceu na França). Assim, será que existe alguma norma? O máximo que nos podemos aproximar dela é olhar para a anêmica filosofia acadêmica estabelecida, como o neokantismo de cem anos atrás, na Alemanha, ou a epistemologia cartesiana francesa (Leon Brunschvicg etc.) da primeira metade do século XX – que foi, justamente, a filosofia no que ela tem de mais rançoso, acadêmico, morto e irrelevante. Então, qual é seu "papel normal"? E se forem apenas as próprias exceções que criam, retrospectivamente, a ilusão da "norma" que elas supostamente violam? E se, na filosofia, não só a exceção for a regra, mas também a filosofia – a necessidade do pensamento filosófico autêntico – surgir exatamente nos momentos em que (outros) componentes/peças do edifício social não podem desempenhar seu "papel adequado"? E se o espaço "apropriado" da filosofia consistir justamente nas brechas e interstícios abertos pelos deslocamentos "patológicos" do edifício social?

Até que ponto os parâmetros da filosofia se modificaram na era contemporânea?

Acho que a filosofia não pode mais desempenhar nenhum de seus papéis tradicionais, como estabelecer as bases da ciência, construir uma ontologia geral, e assim por diante. Em vez disso, ela deve simplesmente cumprir sua tarefa de questionamento transcendental. E esse papel é mais necessário do que nunca, hoje em dia. Por quê? Porque, para dizê-lo em termos um tanto patéticos, hoje vivemos uma época extremamente interessante, na qual uma das principais conseqüências de avanços como a biogenética, a clonagem, a inteligência artificial e outros é que, talvez pela primeira vez na história da humanidade, temos uma situação em que o que eram problemas filosóficos são agora problemas que dizem respeito a todos, que são amplamente discutidos pelo público. As intervenções biogenéticas, por exemplo, confrontam-nos diretamente com perguntas referentes ao livre-arbítrio, à idéia de natureza e do ser natural e à identidade pessoal, para citar apenas algumas questões. Em nossa época, deparamos cada vez mais com problemas que, em última instância, são de natureza filosófica. Recorrendo mais uma vez aos debates que cercam a biogenética, a única maneira de se adotar uma postura coerente é abordar (ao menos de modo implícito) certas perguntas – tais como o que é a dignidade humana, onde fica a responsabilidade moral, e outras similares – que, tradicionalmente, eram indagações filosóficas. E creio que está claro que as atitudes iluministas tradicionais de pessoas como Habermas não funcionam; são insuficientes. Não só não creio que o tempo da filosofia tenha passado, como penso que, mais do que nunca, a filosofia tem um papel a exercer.

Em certo sentido, você diria que a era da biogenética e do ciberespaço é a era da filosofia?

Sim, e a era da filosofia, de novo, no sentido de que deparamos cada vez mais com problemas filosóficos no cotidiano. Não é que você se retire da vida cotidiana para um mundo de contemplação filosófica. Ao contrário, não há como achar o caminho, na própria vida cotidiana, sem responder a certas perguntas filosóficas. Trata-se de uma época singular, na qual, de certo modo, todos somos forçados a ser uma espécie de filósofos.

Sua visão filosófica inspira-se largamente na tradição psicanalítica. Mas há quem diga que a psicanálise vem sendo sistematicamente superada por avanços tecnológicos nos campos do cognitivismo, das neurociências e assim por diante. Como você responderia a isso?

A primeira coisa a dizer é que o cognitivismo e todas as neurociências têm que ser levados a sério, definitivamente. Não podem ser simplesmente descartados, em termos transcendentais, como meras ciências ônticas sem nenhuma reflexão filosófica. Vejo a ciência cognitiva como uma espécie de versão empírica do desconstrucionismo. O que se costuma associar ao desconstrucionismo é a idéia de que não existe um sujeito singular, mas uma multiplicidade de processos dispersos que concorrem entre si; não há uma autopresentificação, mas sim a estrutura da *différance* etc. E se tomarmos essa estrutura da *différance*, com sua ênfase no adiamento, veremos que uma das conclusões interessantes da ciência cognitiva é que, literalmente, não vivemos no presente; há uma certa demora entre o momento em que nossos órgãos dos sentidos recebem um sinal externo e o momento em que ele é adequadamente processado no que percebemos como realidade, e depois reprojetamos isso no passado. De modo que nossa experiência do presente é basicamente uma experiência passada, mas reprojetada no passado.

O segundo bom resultado do cognitivismo é que, de certa maneira, ele superconfirma Kant, no sentido de que não só o que vivenciamos como realidade é estruturado por nossa percepção, de que os impulsos empíricos são coordenados por categorias universais, mas também de que a coisa é ainda mais radical: trata-se de que até aquilo que percebemos como realidade imediata é diretamente um julgamento. Tomemos um exemplo-padrão de um livro cognitivista típico: quando você entra numa sala e vê que todas as cadeiras são vermelhas, e depois passa de imediato para uma segunda sala semelhante, você pensa estar vendo exatamente a mesma coisa. Mas já foi repetidamente demonstrado que nossa percepção é muito mais fragmentada do que parece – um número significativo das cadeiras da segunda sala tem formas e cores diferentes etc. O que acontece é que você vê apenas um par de fragmentos e, então, com base em sua experiência prévia (e tudo isto acontece no instante imediato da percepção, antes do juízo consciente propriamente dito), formula um juízo – "todas as cadeiras devem ser vermelhas". O importante é que aquilo que você vê resulta do seu julgamento – você literalmente vê julgamentos. Não existe uma percepção sensorial da realidade no nível zero, que depois seja coordenada sob a forma de juízos. O que você vê já são sempre juízos.

Além disso, é claro, existe a teoria extremista da mente como um pandemônio, segundo a qual existem apenas instâncias competindo entre si, não há uma mente única, não há nenhum centro cartesiano, e por aí vai. Portanto, todas essas elaborações do cognitivismo repercutem, de certo modo, algumas visões filosóficas e até desconstrucionistas.

Será que o cognitivismo simplesmente reafirma, em termos diferentes, algumas questões filosóficas permanentes? Há limites para o discurso cognitivista? Se há, como devemos entendê-los?

O problema central, tal como o vejo, é a própria consciência. Esse é o problema da concepção cognitivista do ser humano em termos de um modelo de computador – um organismo que processa dados. Hoje em dia, os computadores podem desempenhar muitas funções – organizar e processar dados, reagir de certa maneira etc. –, mas não têm (ou, pelo menos, os computadores atuais não têm) consciência disso. Logo, o mistério, para os cognitivistas, é explicar a simples realidade da consciência. Por que nossos corpos não podem funcionar meramente como máquinas cegas? Para que serve ter consciência?

O que já foi estabelecido pelos próprios cognitivistas é que a consciência, na verdade, é um mecanismo redutor. Nosso cérebro e nosso corpo processam milhões de impulsos e dados – a entrada sensorial é extremamente rica –, mas é bem sabido que nossa consciência só é capaz de funcionar a um máximo de sete *bytes* por segundo. Portanto, não se trata de a consciência ser uma resposta à complexidade crescente e à necessidade de coordenar um número cada vez maior de operações, mas exatamente o inverso. A consciência é o grande simplificador, e reflete o que Hegel chamaria de poder de abstração e redução. A consciência ignora 99% dos dados sensoriais de entrada, de modo que persiste a questão de saber para que precisamos dela para funcionar. A maioria dos cognitivistas admite que isso é um enigma.

E é interessante ver como todas as opções filosóficas padronizadas se reproduzem no cognitivismo. Temos materialistas que acham que a consciência é um pseudoproblema. Existe a conhecida metáfora da ilusão do usuário: você trabalha com um computador e acha que o computador pensa, mas não há nada do outro lado da tela, é apenas um mecanismo sem sentido. E a idéia é que o mesmo acontece com nossa consciência: nosso cérebro é apenas um conjunto sem sentido de processos neuronais. E, assim, esse tipo de materialismo afirma que a consciência é apenas uma espécie de ilusão de perspectiva. Tudo que acontece é uma espécie de processo cego. No entanto, quanto mais eles conseguem explicá-lo, mais o enigma persiste. Se nossa consciência é apenas uma espécie de ilusão estrutural, uma ilusão fenomênica, então por que essa ilusão? Ela continua a parecer um estranho exagero.

E, embora ela costume ser percebida como concentrada no inconsciente, é exatamente aí que a psicanálise, com suas idéias de fantasia, *points de capiton* (pontos nodais), colchas de retalhos e assim por diante, pode dar certa ajuda para preencher a lacuna entre a fenomenologia, no sentido da introspecção, e esses processos cegos. A problemática psicanalítica concernente à identificação e sua falha é, para dizer o mínimo, mais pertinente do que nunca no mundo atual. Tomemos o exemplo do genoma e da idéia de que o ser humano pode ser objetivamente determinado, reduzido a uma fórmula básica. Digamos que um neurobiólogo lhe mostre uma fórmula genômica e lhe diga "Isto é você" – você depara objetivamente consigo mesmo. Não é precisamente nesse encontro com o "Isto é você" que se vivencia o buraco da subjetividade no que ele tem de mais puro? Seguindo essa linha, eu diria que Hegel teria rido da idéia do genoma. Para Hegel, esse seria o exemplo supremo do espírito como um esqueleto, do espírito como uma fórmula estúpida e sem sentido. Isso porque, na própria experiência do "Isso sou eu", de certo modo você se olha de fora para dentro. E, portanto, esse sonho da auto-objetivação completa também nos confronta radicalmente com seu oposto, com o furo da subjetividade.

Será que esses avanços transformarão a própria experiência da subjetividade?

Sem dúvida. Uma hipótese bastante pessimista seria que a consciência como tal (assim como a conhecemos), ou a subjetividade como tal, desapareceria por completo. Talvez deixe de ser o que chamamos de experiência da subjetividade.

Há uma visão interessante, desenvolvida por Stephen Pinker em *Como a mente funciona*, que defende uma teoria muito kantiana: a de que não há nada de misterioso no fato de não podermos explicar a consciência, porque, em termos evolutivos, ela não foi concebida para fazê-lo. A consciência emergiu para lidar com problemas instrumentais práticos de sobrevivência – como interagir com outras pessoas, com a natureza, e assim por diante. Logo, a idéia é que nossa consciência, originalmente, é orientada para o objeto. Do mesmo modo que um animal pode não ser capaz de ver certas cores, por sua lógica evolutiva característica, os seres humanos não podem explicar a consciência de si: não há mistério, há apenas um limite evolutivo.

Nesse ponto, sinto-me tentado a voltar a Heidegger. Ele afirmou que o que caracteriza o ser humano, no sentido de *Dasein* [o ser-aí], é que ele é um ser que faz perguntas sobre seu próprio ser, que adota uma atitude autoquestionadora. Então, o mistério, se é que tudo que os cognitivistas dizem é verdade, está em saber por que a humanidade tem-se obcecado com essas questões existenciais. Se o autoquestionamento e a perscrutação do mistério da mente não estão inscritos na função evolutiva da consciência, por que essa pergunta aparece com tanta persistência? O que falta é exatamente uma teoria – como já dizia Kant na *Crítica da razão pura* – de por que os seres humanos estão destinados a se formularem perguntas que não podem responder.

A consciência funciona como uma experiência básica da impossibilidade, um efeito paradoxal do ser pelo não-ser.

E, também aí, como você explicaria isso em termos evolutivos? Pois nesse caso o paradoxo vai ainda mais longe. Será que todo o chamado progresso da humanidade não surgiu pelo fato de as pessoas se fazerem perguntas impossíveis, como "qual é a estrutura última do universo?", "qual é o sentido da vida?", e outras similares? Como diriam nossos amigos da OTAN, o progresso surgiu como um efeito colateral dessas indagações metafísicas.

Isso também se aplica às ciências empíricas. A origem da ciência tem um caráter claramente ideológico, desenvolvendo-se a partir de certas visões religiosas/filosóficas da "ciência". Portanto, até a função evolutiva da ciência – aumentar nossa probabilidade de sobrevivência, permitir que vivamos melhor etc. – foi uma espécie de subproduto, de dano colateral, por assim dizer, dessa condição enigmática e totalmente despropositada de nosso impulso permanente de fazer tais perguntas impossíveis.

Evidentemente, é fácil explicar esse enigma em termos idealistas: dizer que a consciência não pode ser explicada em termos evolutivos e que, por conseguinte, precisamos de uma dimensão espiritual. Mas creio que a psicanálise nos permite formular uma perspectiva alternativa. O que venho elaborando no momento é a idéia paradoxal de que, do ponto de vista estritamente evolutivo, a consciência foi uma espécie de erro – uma disfunção da evolução –, e desse erro emergiu um milagre. Em outras palavras, a consciência se desenvolveu como um subproduto não intencional, que adquiriu uma espécie de função secundária de sobrevivência. Basicamente, a consciência não é algo que nos permita funcionar melhor. Ao contrário, estou cada vez mais convencido de que ela se origina no fato de algo sair terrivelmente errado – mesmo no nível mais pessoal. Por exemplo, quando é que nos conscientizamos de alguma coisa, quando é que temos plena consciência dela? Exatamente no momento em que algo já não funciona bem, ou não funciona da maneira esperada.

A consciência surge como resultado de um encontro com o Real?
Sim, originalmente a consciência está ligada a esse momento em que "há algo errado", ou, dito em termos lacanianos, em que há uma experiência do Real, de um limite impossível. A consciência originária é impulsionada por certa experiência de fracasso e mortalidade – uma espécie de ruptura na trama biológica. E todas as dimensões metafísicas concernentes à humanidade, à auto-reflexão filosófica, ao progresso etc. emergem, em última instância, por causa dessa fissura traumática básica.

Assim, por um lado, creio que primeiro devemos aceitar o desafio das ciências neurológicas, do cognitivismo e de suas conseqüências para a filosofia. E, nesse aspecto, uma certa imagem da humanidade, do que significa um ser humano, claramente termina – não podemos mais voltar a um tipo de postura ingênua. Por outro, penso que ainda assim se encontram alguns impasses no próprio cognitivismo. Um deles seria que, quanto mais é explicada, mais a consciência se transforma exatamente no que Lacan chamaria de "objeto pequeno *a*" – esse resto inteiramente sem sentido. Por quê? Quanto mais se explica como funciona certo processo mental, menos se precisa da consciência – depois que ele é explicado, surge a pergunta: "Então, por que ele precisa ser consciente? Por que não ocorre simplesmente como um processo cego?". Esse é o paradoxo. Outro paradoxo é que os cognitivistas, a meu ver, não conseguem dar conta do *status* de sua própria compreensão.

Então, deixe-me esclarecer minha postura. Por um lado, oponho-me definitivamente à visão cognitivista simplista de que a psicanálise é redundante, de que é um mero descritivismo introspectivo ingênuo, ligado à física do século XIX, e de que agora temos uma compreensão neurológica verdadeira do que é a mente humana. A questão, porém, não é simplesmente rejeitar o cognitivismo, mas identificar os próprios impasses que ele não consegue explicar.

Por outro lado, também me oponho rigorosamente àquela rejeição filosófica ou transcendentalista apressada do cognitivismo que contém esse tipo de argumento: mesmo que eles descubram uma base química genética ou neuronal das neuroses, ou do que quer que seja, persiste o fato de que, como seres humanos falantes, de algum modo teremos de subjetivá-la, simbolizá-la de certa maneira, e esse sempre será o campo da psicanálise. Trata-se de uma saída muito fácil, porque, no momento em que tais fenômenos são cientificamente objetivados, ao menos isso afeta profundamente o modo como são simbolizados. Como já sabia Heidegger – ao falar do *Gefahr* (perigo) –, há nesse tipo de auto-objetivação radical algo que ameaça, em um nível fundamental, nossa própria compreensão da humanidade e do ser humano.

Portanto, sou contra as duas tentações. Longe de temer o cognitivismo, ou de ignorá-lo, penso que se deve aceitar plenamente o desafio e lutar com ele. Se a psicanálise não puder sobreviver a esse encontro, estará realmente acabada.

Em combinação com a psicanálise, você também tem-se preocupado em promover certo retorno a Hegel. O que vê de tão instigante no idealismo alemão?

Creio que isso pode ser ligado à pergunta anterior. No cognitivismo, deparamos com um paradoxo disfuncional: a consciência e a mente humana pressupõem um certo gesto não econômico, um certo fracasso. Com isso, temos os contornos de uma disfunção fundamental que não pode ser explicada em termos do evolucionismo cognitivista.

Agora, é claro, o coelho que tiro de minha cartola é o fato de o idealismo alemão e a psicanálise terem termos específicos para essa disfunção: no idealismo alemão, trata-se da negatividade absoluta referida a ela mesma; na psicanálise, é a pulsão de morte. Isso está bem no centro do que faço em linhas gerais. Minha tese básica é que o traço central da subjetividade no idealismo alemão – essa idéia dessubstanciada da subjetividade como uma lacuna na ordem do ser – é compatível com a idéia do "objeto pequeno *a*", que, como todos sabemos, é uma falta para Lacan. Não se trata de não encontrarmos o objeto, mas de que o objeto em si é apenas o vestígio de certa falta. O que afirmo aqui é que essa noção de negatividade referida a ela mesma, tal como articulada de Kant a Hegel, significa, filosoficamente, o mesmo que a noção de pulsão de morte em Freud – é essa a minha perspectiva fundamental. Em outras palavras, a idéia freudiana de pulsão de morte não é uma categoria biológica, mas tem dignidade filosófica.

Na tentativa de explicar o funcionamento do psiquismo humano em termos de princípio do prazer, princípio da realidade etc., Freud foi cada vez mais se conscientizando de um elemento não funcional radical, de uma destrutividade e um excesso de negatividade básicos que não podiam ser explicados. E foi por isso que formulou a hipótese da pulsão de morte. Creio que pulsão de morte é exatamente o nome certo para esse excesso de negatividade. Essa, de certa maneira, é a grande obsessão de todo o meu trabalho: a leitura recíproca da concepção freudiana de pulsão de morte e do que, no idealismo alemão, tornou-se temático como a negatividade referida e ela mesma.

Mas não há uma tensão fundamental entre as tendências racionalistas de Hegel e a introdução de uma lógica da contradição e da conflituosidade – uma lógica mais plenamente desenvolvida na psicanálise – que mina todo o racionalismo?

Acho que, em Hegel, não se pode simplesmente opor o racionalismo a uma lógica da contradição e da conflituosidade. Ora, é claro que podemos discutir até que ponto Hegel realmente conseguiu reunir esses dois aspectos, mas a percepção fundamental não foi de que, por um lado, tenhamos uma estrutura racional e, por outro, tenhamos a conflituosidade da vida, e devamos de algum modo juntar as duas. Ao contrário, a idéia de Hegel era que a contradição e a conflituosidade chegam a seu auge na conflituosidade da própria razão.

A razão, para Hegel, não é uma rede pacificadora, que simplesmente resolve ou se sobrepõe às contradições, às explosões, às loucuras e assim por diante. Isso é verdade, num sentido muito literal. Aqui, bastaria reafirmarmos a lógica da compreensão lacaniana em "Kant com Sade". Ou seja, a perversão de Sade não é algo externo à razão, mas é precisamente a razão pura – porque, se você está fora da infinidade da razão, está no nível dos prazeres empíricos.

A idéia do crime sádico absoluto, como destruição radical da cadeia vital, é, no sentido kantiano rigoroso, uma idéia da razão. Em Kant, os estados idealizados impossíveis – a realização completa do bem, a superação completa da inércia material, a justiça total no mundo, a paz total etc. – são, todos eles, idéias da razão: realizações globais da razão que servem como ideais reguladores, mas que nunca podem realizar-se. O importante é que essas idéias da razão funcionam como uma dimensão infinita que existe além de nossas limitações empíricas. E não é essa, exatamente, a idéia do crime sádico? O crime sádico não é a loucura empírica; é a loucura da razão. Somente a razão, em sua perversidade, pode imaginar um crime tão radical.

Portanto, sim, concordo com você em que provavelmente existe, em Hegel, uma tensão entre o lado racionalista e o lado da contradição e da conflituosidade. Mas eu apenas diria que essa tensão é inerente à própria razão, que, ao combater esse excesso de violência e contradição, a razão luta contra seu próprio excesso. Não se trata da razão contra uma agressividade irracional primitiva. Trata-se da razão contra seu próprio excesso de loucura. Mas, se você aceitar isso, não importa qual seja sua solução, mesmo que diga que as duas coisas não podem ser conciliadas, você já estará em Hegel; é que para ser hegeliano basta dizer que, ao combater seu oposto, a razão combate seu próprio excesso. Essa é a formulação mínima da internalização hegeliana do conflito: quando você pensa estar combatendo o Outro, está combatendo seu próprio cerne, o próprio gesto constitutivo instaurador fundamental da razão. Nesse sentido, acho que, mesmo quando às vezes tento criticar Hegel, continuo a ser hegeliano. Mais uma vez, o principal, para mim, é que o excesso da razão é inerente à razão em si. A razão não se confronta com algo externo a ela mesma; ao contrário, confronta-se com sua própria loucura constitutiva. E isso nos leva de volta à pulsão de morte, porque a pulsão de morte é exatamente o nome dessa loucura constitutiva da razão.

Em termos de trajetória filosófica, argumentou-se que a psicanálise diz respeito, fundamentalmente, ao campo da verdade. Como você caracterizaria a relação entre psicanálise e verdade?

Creio que, depois que Lacan se conscientizou plenamente da dimensão da pulsão de morte como um excesso, essa dimensão deixou de funcionar dentro do campo da verdade. Aliás, esse é um problema teórico central: até que ponto o horizonte da verdade ainda é o horizonte da psicanálise? No fim da década de 1950, quando Lacan descreveu a psicanálise em termos de simbolização, o horizonte era, sem dúvida, o horizonte da verdade. A idéia era que, pela psicanálise, o sujeito tinha de ficar apto a simbolizar seus problemas, a formular a verdade de seu desejo. Mas acho que, depois, quando Lacan confrontou a dimensão mais radical da subjetividade, essa dimensão deixou de ser simplesmente a dimensão da verdade.

Uma descoberta psicanalítica crucial, mas muito difícil de engolir, é que a dimensão última de nossa experiência não é a dimensão da verdade, como quer que a concebamos – mesmo que a concebamos em termos heideggerianos de revelação. No nível mais radical da subjetividade e da experiência, há um momento inicial de loucura: as dimensões de gozo, de negatividade, de pulsão de morte e assim por diante, mas *não* a dimensão da verdade.

Minha especulação, aqui, é que o que Freud chama de pulsão de morte – se a lermos com respeito a sua dimensão filosófica mais radical – é algo que já tem que estar em operação para, digamos, abrir espaço para a verdade. Tomemos Heidegger muito literalmente nesse ponto: a verdade é sempre uma certa abertura, no sentido de uma abertura de horizontes, uma abertura do mundo, uma revelação pela fala etc. Mas uma condição de possibilidade da abertura desse espaço é precisamente o que chamaríamos, em psicanálise, de recalcamento primário: uma supressão originária que, mais uma vez, já é marcada pela negatividade radical. E o que eu enfatizaria aqui é que, em termos filosóficos, a psicanálise é extremamente ambiciosa. A psicanálise não é uma simples história de problemas pulsionais básicos; ela se interessa, antes, por uma formulação do que teve de acontecer para que o mundo se abrisse para nós como experiência de significado. Nesse ponto, movemo-nos num nível muito radical, em que a dimensão da verdade não é a dimensão suprema.

Nesse nível radicalmente elementar, a verdade ainda não é atuante, porque ela atua no momento em que estamos dentro da ordem simbólica. O que a psicanálise nos permite apreender é que a pulsão de morte é uma espécie de condição inerente da ordem simbólica. Para dizê-lo em termos ligeiramente simplistas: no que tem de mais elementar, a simbolização existe como uma espécie de tapa-buraco secundário, no sentido de que consiste numa tentativa de remendar as coisas quando algo sai terrivelmente errado. E o que me interessa é essa dimensão na qual algo sai terrivelmente errado. Nesse ponto, ainda não estamos na dimensão da verdade. Dito de maneira diferente, o que me interessa muito, já no idealismo alemão, é a idéia de que, com a negatividade (pulsão de morte), não há natureza nem cultura, mas algo intermediário. Não podemos passar diretamente da natureza para a cultura. Alguma coisa sai terrivelmente errada na natureza: ela produz uma monstruosidade antinatural, e eu afirmo que é para lidar com essa monstruosidade, para domesticá-la, que simbolizamos. Tomando o exemplo freudiano do *fort/da*: alguma coisa se rompe primordialmente (a ausência da mãe etc.), e a simbolização funciona como um modo de conviver com esse tipo de trauma.

Esse seria meu modelo fundamental. É essa dimensão primordial, esse estado transcendental, que me interessa. Por quê? Porque essa dimensão, é claro, está presente o tempo todo. Ela não é primordial no sentido de ter acontecido antes e de estarmos agora no campo da verdade. Não, é uma dimensão que, por assim dizer, nos sustenta todo o tempo, ameaçando explodir.

Isso nos leva à questão do transcendentalismo, que nem sempre combina muito bem com as críticas pós-modernas da diferença, com a ênfase no contexto e assim por diante. Como é formulada essa dimensão do transcendental na teoria psicanalítica?

A percepção usual de Lacan – e, ao mesmo tempo, a crítica habitual a Lacan – é que ele continua transcendentalista demais. Existem duas tendências transcendentalistas diferentes, e até opostas, que podem ser identificadas em Lacan. A primeira diz respeito à idéia de que vivemos sempre no horizonte de certa ordem simbólica e de que esta funciona como uma espécie de *a priori* transcendental. Isso é o que teria afirmado o Lacan do início dos anos 1960. O Lacan posterior afastou-se da idéia de uma estrutura simbólica *a priori*. O que o Lacan posterior enfatiza é certo *a priori* prototranscendental anistórico, que é a condição de possibilidade e, ao mesmo tempo, a condição de impossibilidade da própria estrutura simbólica – por exemplo, a castração simbólica, a abertura da falta primitiva etc. Mas acho que essa leitura transcendental não é o horizonte último de Lacan. Essa é uma crítica que venho desenvolvendo agora.

A percepção costumeira de Lacan é a de um transcendentalista que enfatiza a castração simbólica e de que isso significa que, com a entrada na ordem simbólica, o objeto primitivo do desejo se perde, transforma-se numa coisa impossível, que está ausente, e todo objeto empírico do desejo com que deparamos é um mero substituto secundário, uma encarnação suplementar do objeto primário perdido. A tese é que o próprio fato da subjetividade significa que o objeto se perde e que a ilusão imaginária consiste precisamente na possibilidade de recuperar o objeto, para que não aceitemos a radicalidade da perda – queremos tornar o Real possível. Com base nessa ilusão, geram-se diferentes versões de estados idealizados, desde a harmonia subjetiva até a perfeita bem-aventurança sexual, chegando até às visões utópicas de reconciliação social em que a hiância primordial radical é superada, ou em que a impossibilidade primordial de encontrar a Coisa é suspensa. Contra todas essas tendências enganosas, a idéia é que temos de aceitar a perda primitiva como um *a priori*. Por razões cada vez mais numerosas, considero problemática essa tese.

Isso modifica a visão do Real lacaniano como uma impossibilidade transcendental?

A idéia de Real pressuposta aqui é a do Real como impossível, no sentido da grande ausência: ele sempre nos falta, é um vazio básico, e a ilusão é que podemos recuperá-lo. A lógica é que, sempre que julgamos conseguir o Real, trata-se de uma ilusão, porque, na verdade, ele é traumático demais para ser encontrado: confrontar diretamente o Real seria uma experiência impossível, incestuosa e autodestrutiva. Creio que sou parcialmente co-responsável por esse grave revisionismo, para dizê-lo em termos stalinistas. Sou co-responsável pela predominância da idéia do Real como a Coisa impossível: algo que não podemos confrontar diretamente. Creio que isso não só é teoricamente errado, como também teve conseqüências políticas catastróficas, uma vez que abriu caminho para uma combinação de Lacan com uma certa problemática derridiana-levinasiana: Real, divindade, impossibilidade, alteridade. A idéia é que o Real é o Outro traumático a quem nunca se pode responder adequadamente. Só que estou cada vez mais convencido de que esse não é o verdadeiro foco do Real lacaniano. Então, onde está o foco?

Com a lógica do Real como impossível, tem-se uma idéia do objeto inatingível – a lógica do desejo, na qual o desejo se estrutura em torno de um vazio primordial. Eu diria que a idéia de pulsão que está presente aí não pode ser interpretada nesses termos transcendentais, ou seja, em termos de uma perda *a priori* em que os objetos empíricos nunca coincidem com *das Ding*, a Coisa. O exemplo vulgar que eu daria aqui é o seguinte: digamos que se esteja apaixonado por uma mulher e obcecado com sua vagina. O sujeito faz todas as coisas possíveis: penetra-a, beija-a, seja lá o que for – é problema dele; não entrarei nessa esfera. Pois bem, do ponto de vista transcendentalista, a idéia é que isso é uma ilusão típica: pensa-se que a vagina é a Coisa em si, mas, na verdade, ela não é, e é preciso aceitar a lacuna entre o vazio da Coisa e o objeto contingente que vem preenchê-la. Mas, quando se está numa relação amorosa sexual dessa intensidade, não creio que se possa ter a idéia de que a vagina é apenas um substituto da Coisa impossível. Não; acho que ela *é* esse objeto particular, só que esse objeto é estranhamente cindido. Há uma distância – o sujeito sabe que é a vagina, mas nunca consegue saciar-se com ela: a cisão está no próprio objeto. A cisão não está entre a realidade empírica e a Coisa impossível. Não: a questão é que a vagina é ela mesma e, ao mesmo tempo, é outra coisa.

Portanto, de certa maneira, você realmente depara com o impossível. Não se pode dizer que isso seja a mera ilusão transcendental de confundir um objeto empírico com a Coisa impossível. A vagina é impossível, mas não é uma simples ilusão. A questão é que os objetos da pulsão são esses objetos privilegiados que, de algum modo, são um duplo deles mesmos. Lacan se refere a isso como *la doublure* [o avesso, a outra face]. Há uma espécie de distância segura, mas é uma distância segura dentro do próprio objeto: não é a distância entre o objeto e *das Ding*.

Em On belief, *você propõe uma releitura radical do Real lacaniano – especialmente em relação às outras duas dimensões da tríade borromeana: o Imaginário e o Simbólico. Pode falar um pouco mais disso?*

Estou cada vez mais convencido de que há pelo menos três noções do Real. Eu diria que a própria tríade formada por Real, Simbólico e Imaginário é, de certo modo, mapeada ou projetada no Real em si. Portanto, temos que formulá-los em termos brutos: Real real, Real imaginário e Real simbólico. Primeiro, o Real real seria a Coisa horrenda: a cabeça da Medusa, o alienígena do filme, o abismo, o monstro. Mas há também outros dois Reais que tendemos a esquecer em Lacan. Há o Real simbólico, que simplesmente são as fórmulas científicas sem sentido. Por exemplo, a física quântica pode ser entendida como o Real simbólico. Real em que sentido? Exatamente no sentido de que não conseguimos integrá-la em nosso horizonte de significação. Como gostava de enfatizar o próprio Richard Fineman, o grande físico quântico, não se pode traduzi-la para nosso horizonte de significação; ela consiste em fórmulas que simplesmente funcionam. E acho que é a partir daí que deveríamos reler o sonho freudiano da injeção de Irma, no qual aparece, no final, a fórmula da trimetilamina[1]. Isso não é significação; é precisamente o Real sem sentido. Poderíamos chamá-lo de Real científico, baseado num saber sem sentido, quase pré-subjetivo. Esse seria o Real simbólico.

E temos ainda outro aspecto que me interessa cada vez mais: o Real imaginário. Para usar uma expressão de Alenka Zupančič, isso designa não a ilusão do Real, mas o Real da própria ilusão.

---

1. Referência à análise de um sonho do próprio Freud, em *A interpretação dos sonhos* (Londres, Penguin, 1991 [1900]). *Ed. standard brasileira das obras psicológicas completas de Sigmund Freud*, Rio de Janeiro, Imago, 2ª ed., 1987, vols. IV-V.), cap. 2. O sonho diz respeito a Irma, uma paciente de Freud que, no sonho, sofre de uma doença atribuída a uma injeção (imprópria e/ou anti-higiênica) de trimetilamina, aplicada por um amigo de Freud, Otto.

Tomemos o exemplo do racismo de baixo nível, no qual há uma característica qualquer, um não-sei-quê em turcos, árabes, judeus ou quem quer seja, que incomoda você. Esse é o Real imaginário, esse traço elusivo que é totalmente insubstancial, mas incomoda você. Esse é o ponto do Real no Outro.

A meu ver, essa categoria do Real imaginário é, de certo modo, a categoria crucial, pois assinala que, para Lacan, o Real também pode aparecer como algo frágil (a propósito, foi por isso que intitulei meu livro de *The fragile absolute*). O Real não é, sempre ou necessariamente, o "real implacável". Também pode ter essa aparência totalmente frágil: pode ser algo que transparece ou se destaca. Por exemplo, quando falamos com outra pessoa e nos encantamos com ela, às vezes percebemos nela uma dimensão traumática, mística, trágica, ou seja o que for. Trata-se de algo que é Real, mas que, ao mesmo tempo, é totalmente elusivo e frágil. Esse seria o Real imaginário.

Portanto, o verdadeiro nó lacaniano que une o Real, o Imaginário e o Simbólico é mais do que uma configuração tridimensional. Quer dizer, cada uma dessas categorias pode projetar-se em todas as outras. Por exemplo, temos também, na ordem simbólica, o Simbólico simbólico, o Simbólico real e o Simbólico imaginário. O Simbólico real é idêntico ao Real simbólico. São fórmulas sem sentido. O Simbólico simbólico é simplesmente a fala como tal, a fala dotada de sentido. E o Simbólico imaginário consiste apenas em arquétipos: símbolos junguianos e coisas similares.

No nível do Imaginário, temos o Imaginário imaginário, o Imaginário real e o Imaginário simbólico. O Imaginário real seria a coisa pavorosa. O Imaginário imaginário seria a imagem como tal, a imagem sedutora. E o Imaginário simbólico seriam os símbolos. O importante é que essas três idéias – Real, Imaginário e Simbólico – de fato se entrelaçam num sentido radical, como uma estrutura de cristal em que os diferentes elementos se projetam e se repetem em cada categoria.

O resultado disso tudo é que, para Lacan, o Real não é impossível no sentido de nunca poder acontecer – um núcleo traumático que escape permanentemente a nossa apreensão. Não, o problema do Real é que ele acontece, e *esse é* o trauma. *A questão não é que o Real seja impossível, mas que o impossível é Real.* Um trauma ou um ato é simplesmente o ponto em que o Real acontece, e isso é difícil de aceitar. Lacan não é um poeta que nos diga que o Real sempre nos escapa – é sempre o inverso, no Lacan final. A questão é que *podemos* encontrar o Real, e é isso que é muito difícil de aceitar.

Que conseqüências tem essa perspectiva para a teoria da ideologia? Ela assinala um distanciamento da visão psicanalítica da ideologia, que oferece uma interpretação da realidade como uma forma de escapar da condição apavorante do Real?

Já não estou satisfeito com minha própria definição antiga da ideologia, na qual a idéia era que a ideologia é a ilusão que preenche a lacuna da impossibilidade, e a impossibilidade intrínseca é transposta para um obstáculo externo, donde o que precisa ser feito é reafirmar a impossibilidade original. Esse é o resultado último de certa lógica transcendentalista: tem-se um vazio *a priori*, uma impossibilidade originária, e o engodo da ideologia é traduzir essa impossibilidade intrínseca num obstáculo externo; a ilusão é que, superando esse obstáculo, chega-se à Coisa Real. Sinto-me quase tentado a dizer que a operação ideológica suprema é o inverso, isto é, a própria elevação de algo à condição de impossibilidade, como meio de adiar ou evitar o encontro com isso.

Mais uma vez, fico quase tentado a inverter a formulação padronizada. Sim, por um lado, a ideologia implica traduzir a impossibilidade num bloqueio histórico particular, com isso sustentando o sonho da realização suprema – o encontro consumado com a Coisa. Por outro lado – e isso é algo em que você já tocou, em seu excelente artigo "A ideologia e seus paradoxos" –, a ideologia também funciona como uma forma de regular uma certa distância com esse encontro. Ela sustenta, no nível da fantasia, exatamente aquilo que procura evitar no nível da realidade: esforça-se por nos convencer de que a Coisa nunca pode ser encontrada, de que o Real escapa permanentemente a nossa apreensão. Assim, a ideologia parece envolver a sustentação e a evitação no tocante ao encontro com a Coisa.

Consideremos o amor, ou uma relação sexual. O que as pessoas geralmente perdem de vista é que o amor cortês, para Lacan, é um grande engodo. O amor cortês é justamente um modo de evitar o trauma do encontro. Como se sabe, Lacan afirma que a relação sexual não existe, o que significa que, quando se está plenamente engajado numa relação sexual, há uma fase traumática difícil, mas tal que é preciso suportá-la. O que o amor cortês faz, ao postular essa fase como impossível e adiá-la indefinidamente, é evitar o trauma de efetivamente arriscá-la. Portanto, trata-se da lógica inversa: uma elevação à impossibilidade como operação fundamental – essa é a dimensão ideológica. Vemos a mesma coisa no amor falso – as idéias de que o mundo não foi feito para nós, de que, quem dera, pudéssemos viver numa época diferente, de que o verdadeiro amor está noutro lugar, se ao menos fosse a situação certa etc. Essa, mais uma vez, é outra maneira de evitar o encontro.

Portanto, para falar com clareza, o Real é impossível, mas não impossível simplesmente no sentido de um encontro faltoso. Ele também é impossível no sentido de ser um encontro traumático que *de fato* acontece, mas que somos incapazes de enfrentar.

E uma das estratégias usadas para evitar enfrentá-lo é, precisamente, situá-lo como um ideal indefinido, que é eternamente adiado. Um dos aspectos do Real é que ele é impossível, mas o outro é que ele acontece, embora seja impossível de manter, impossível de integrar. E esse segundo aspecto, creio eu, é cada vez mais crucial.

É por isso que me aprofundo muito na problemática do "ama a teu próximo". Para Lacan, o próximo é o Real. Quando ele introduziu o Real pela primeira vez de forma sistemática, no seminário sobre a ética, o Real era o próximo. Isso quer dizer que o Real não é impossível – o próximo existe. A questão é que uma injunção como "ama a teu próximo" é exatamente uma das maneiras de evitar o trauma do próximo. Essa dimensão é mais importante do que a simples impossibilidade.

Isso me lembra um seriado de televisão que temos aqui, chamado Neighbours from hell [*Vizinhos infernais*]. *Ao contrário da versão ideológica típica do próximo que encontramos na novela australiana de TV chamada* Neighbours, *esse seriado mostra que os bairros residenciais arborizados da Grã-Bretanha estão cheios de tensões e que as pessoas agridem constantemente umas às outras.*

"Vizinhos infernais" – nossa, gosto dessa expressão! Deixe-me apenas acrescentar uma coisa. Especialmente hoje em dia, digo que toda essa pregação sobre a tolerância, o amor ao próximo e assim por diante é, em última instância, uma estratégia para evitar o encontro com o próximo. Um de meus exemplos favoritos é o do fumo. Tenho profunda desconfiança de toda essa propaganda contra o tabagismo. Para começar, não fumo nem estou a serviço de nenhuma empresa de tabaco. Mas o que julgo suspeito (e até problemático, em termos médicos) é a idéia do fumo passivo, na qual o foco recai sobre o modo como os não-fumantes são afetados. Penso que o que está realmente em questão aí é que existem Outros que, por fumarem, comprazem-se com demasiada intensidade, de uma forma autodestrutiva – e isso é insuportável. Penso que temos aí, no que há de mais puro, a imagem do vizinho invasivo que goza demais.

Além disso, em linhas mais gerais, considero o tema do assédio sexual extremamente suspeito, porque assédio sexual, na verdade, é outro nome do encontro com o próximo. Sejamos claros: todo encontro verdadeiro com o semelhante é uma forma de assédio. Mesmo quando outra pessoa lhe dá uma boa notícia – por exemplo, quando um parceiro sexual potencial, de maneira recíproca, declara abertamente sua paixão por você –, por acaso isso não tem sempre algo de embaraçosamente violento? É difícil estar na posição de ser o objeto da paixão alheia.

Por isso, afirmo que todas essas lutas contra o assédio são, na verdade, outros tantos reflexos da luta contra esse semelhante incômodo. A lógica suprema da tolerância e da oposição ao assédio é "quero ficar sozinho", diz respeito a como ter contato com os outros, mas um contato sem contato – a como manter uma distância adequada. Isso é exemplificado pelo mandado judicial liminar, quando se estabelece um caso de assédio e a justiça expede uma ordem proibindo uma pessoa de chegar a um raio de uns 500 metros do queixoso. Tipicamente, é nisso que estamos hoje em dia. Toda essa obsessão que temos hoje com as diferentes formas de assédio – o fumo, o assédio sexual, social etc. – consiste, simplesmente, em como manter o próximo a uma distância apropriada. Portanto, mais uma vez, temos aí o próximo como o Real: um Real possível demais, e é *isso* que é traumático. Com a intromissão desse Real, a obsessão quase central de nossa época passou a ser a de como manter uma distância conveniente.

Eu diria que também é por isso que as causas humanitárias são tão populares. Elas não são uma simples expressão de amor ao próximo, são exatamente o oposto. Ou seja, a função do dinheiro, nas doações para causas humanitárias, é idêntica à função do dinheiro tal como isolada por Lacan na psicanálise: o dinheiro significa que eu pago a você para que não tenhamos nenhum envolvimento.

Fique longe de mim!
Exatamente: "Fique longe de mim!". É como a idéia machista de que as mulheres gostam de ser pagas pelo sexo, porque isso não as deixa envolverem-se demais: você obtém seu prazer, mas sem nenhum compromisso. E penso que essa é a função suprema da doação de dinheiro a causas humanitárias: é para que elas fiquem por lá.

Até que ponto a psicanálise admite a possibilidade de transcendermos o ideológico?
Minha maneira de ler Lacan não é a afirmação de um eterno pessimismo, no sentido de que "por um breve momento podemos discernir como funciona a ideologia, mas, ainda assim, há uma ilusão fundamental inscrita no próprio funcionamento da realidade, de modo que, no final das contas, temos de retornar à ilusão". Creio que a perspectiva final de Lacan não é a de uma ilusão necessária a que devamos voltar e a de que, embora possamos analisar o mecanismo dessa ilusão, mesmo assim somos obrigados a viver com ela. Isso seria uma perspectiva mais kantiana transcendental: há uma ilusão, um reconhecimento equivocado, inscrito na própria idéia de subjetividade. Penso que não

é essa a perspectiva de Lacan. Ou, dito de outra maneira, a perspectiva lacaniana não é a do *status* eterno da ideologia.

Na abordagem psicanalítica da ideologia, há uma ênfase imperiosa no modo como um certo Outro histórico passa a encarnar a impossibilidade transcendental da sociedade. Ao agir como uma "ameaça" à plenitude da sociedade, esse Outro desempenha um papel constitutivo com respeito a uma dada formação social – no seu exemplo, o efeito unificador alcançado na Alemanha nazista através da articulação ideológica da "ameaça judaica". Será que essa Alteridade constitutiva (em termos do "judeu", do "herege", do "cigano", do "desfavorecido", ou do que for) é uma condição ontológica de toda a realidade social?

Quanto a isso, creio que há uma censura possível não apenas a algumas versões da psicanálise, mas também a certa versão da teoria do antagonismo, formulada por Laclau e Mouffe. A idéia é que existe um lugar vazio da impossibilidade, da Coisa, e que, nesta ou naquela forma histórica, há sempre um grupo ou uma figura que ocupa esse lugar. Como você disse, pode tratar-se dos "judeus", dos "ciganos", da "classe desfavorecida", ou de quem for. Há sempre um grupo, como "os judeus", que encarna, que externaliza essa impossibilidade fundamental sob a forma de um obstáculo positivo, e o melhor que podemos fazer é nos conscientizarmos do caráter contingente do agente que ocupa esse lugar. Essa conclusão é inevitável, justamente na medida em que estamos falando do que chamo de lógica transcendental: de um espaço central de impossibilidade e dos diferentes elementos contingentes que o encarnam. Com essa idéia do Real como impossível, é claro, a ilusão torna-se irredutível.

Pois bem, aí deparamos com a importância política das diferentes concepções e modos de funcionamento do Real que enfatizei antes. A idéia lacaniana de pulsão admite configurações diferentes do Real. É claro que o Real como impossibilidade *é* um *a priori*, mas há constelações diferentes no tocante a como se lida com o Real. Por exemplo, na história da religião, com a passagem do paganismo para o universo judaico-cristão, toda a constelação do Real se transformou. Enquanto, no paganismo, o Real concernia ao domínio sagrado das orgias, no judaico-cristianismo, o Real foi foracluído, e o que restou como Real foi o próprio nome divino: o Real foi como que simbolizado. E é por meio desse Real que se afirma a tautologia pura do espaço vazio: "Eu sou o que sou", e assim por diante.

O importante é que o Real como impossível admite constelações sociais radicalmente diversas. Essa constelação transcendental em que o Real é o vazio da impossibilidade é apenas uma das constelações possíveis. Por isso, creio que Lacan não pode ser acusado, nesse sentido, de anistoricidade, de haver, de alguma forma, eternizado certa constelação específica.

Esse é um ponto crucial, porque Lacan parece ser retratado, com demasiada freqüência, como alguém que não é sensível ao desenvolvimento histórico (especialmente à modernidade) e tem uma concepção rígida demais da ordem simbólica.

E é interessante notar que aqueles que criticam Lacan por elevar certa constelação histórica a uma espécie de *a priori* transcendental costumam ser, eles mesmos, culpados de fazer exatamente isso. Consideremos Judith Butler, que foi, provavelmente, quem formulou a versão mais elaborada desse tipo de crítica a Lacan. Sua tese básica é que Lacan eleva à condição de *a priori* transcendental aquilo que, efetivamente, é apenas o resultado reificado de práticas performativas. Mas será que ela também não opera com certo *a priori* anistórico, que é justo essa prática performativa? A idéia de Butler é que *toda* época histórica, independentemente do que perceba como sua forma simbólica, é resultante de algumas práticas performativas contingentes. Nesse sentido, sinto-me tentado a dizer que ela também faz a elevação de certa experiência que é radicalmente moderna. Ou seja, a idéia de que o que somos resulta de nossas práticas simbólicas performativas contingentes é uma idéia caracteristicamente moderna. Do mesmo modo, todos os que dizem que não existe uma ordem simbólica firme, que toda ordem simbólica é resultado de práticas sociais fluidas, também elevam precisamente essas *práticas sociais* a esse tipo de *a priori*. Portanto, não creio que se saiam melhor. Penso que Lacan é muito mais preciso, pois o que ele eleva a essa posição não é uma constelação específica – a performatividade, as práticas sociais, ou o que for –, mas uma forma negativa de *a priori*. O *a priori*, aqui, é apenas uma certa negatividade ou impossibilidade. E esse *a priori* não apenas não é fixo, como é também aquilo que, em última instância, desfaz, destrói ou causa o fracasso de qualquer forma simbólica determinada.

Portanto, o que friso é simplesmente uma velha colocação filosófica: que o historicismo radical antiquado é uma postura contraproducente. Ele não consegue dar conta dele mesmo; é filosoficamente inconsistente. A própria historicidade pressupõe uma impossibilidade central e é constitutivamente sustentada por ela. E convém reconhecermos o mérito de Lacan em manter essa impossibilidade como que em aberto. O que todas as épocas têm em comum não é um traço constante que as atravessa; é, antes, o fato de que todas elas são respostas ao mesmo impasse. Creio que esta é a única postura coerente.

Com base nisso, creio que não é factual nem teoricamente verdadeiro que haja sempre necessidade de alguém que encarne a impossibilidade, em especial não sob a forma do Outro. Há diferentes maneiras de encarnar a impossibilidade que não exigem, necessariamente, um inimigo específico, no sentido convencional. Ela pode encarnar-se, por exemplo, em algumas formas de ritual. Existe em toda sociedade – e, nesse ponto, quase me aproximo do tema de Georges Bataille – algum tipo de excesso, algo que é perturbador. Mais uma vez, porém, de modo algum é necessário que esse elemento excessivo assuma a imagem do inimigo. E até os inimigos – "judeus", "ciganos" ou os Outros em geral – também funcionam de maneiras diferentes. A imagem do "judeu", por exemplo, tende a funcionar, de modo muito específico, como a encarnação da modernidade, do capital financeiro etc. Os "judeus" não ocupam o mesmo lugar vazio, digamos, que os ciganos ou os trabalhadores imigrantes estrangeiros. Tudo isso envolve lógicas diferentes.

Na questão do antagonismo, será que não lidamos com fantasias sobre antagonismos, que não necessariamente esgotam as possibilidades de percebê-lo ou interpretá-lo? O antagonismo pode ser interpretado em termos de um bloqueio externo a um holismo utópico. Por outro lado, um antagonismo pode construir-se com base em demandas mais limitadas e expectativas menos exageradas. Por exemplo, enquanto, na Alemanha nazista, "o judeu" era visto como um obstáculo fictício à fantasia ariana, ou como um esteio dela, os judeus em si deparavam com obstáculos muito reais e foram efetivamente antagonizados pela agressão nazista (a despeito de alguns judeus poderem abrigar certas fantasias ideológicas próprias). Será que isso admite uma abordagem antiideológica do antagonismo? Em outras palavras, é possível antagonizar certo grupo (uma organização fascista, por exemplo) e, ao mesmo tempo, ter plena consciência de que ele não constitui um obstáculo supremo à plenitude da sociedade?

É uma ótima pergunta. Acho que é a pergunta crucial. Pois é; dito em termos muito simples, de que modo os atores relacionam esse antagonismo impossível *a priori* com o Real empírico – o Real no sentido de antagonismo da realidade? Por exemplo, como você assinalou, a política nazista foi um obstáculo muito real para os judeus, donde a pergunta: haverá uma abordagem antiideológica do antagonismo?

A primeira coisa a dizer aqui é que não tenho muita certeza de que a idéia de antagonismo seja necessariamente sinônima de Real. Para formulá-lo em termos meio bombásticos, não creio que o Real apareça necessariamente sob a forma de antagonismo. É claro que, no sentido apontado por você, há obstáculos muito reais. Tomemos a relação entre os judeus e os nazistas. Do ponto de vista dos judeus, não se tratou de uma simples manifestação da impossibilidade. Os nazistas eram um obstáculo real, que tinha de ser superado para que efetivamente não houvesse uma ameaça aos judeus. Esse é o nível da realidade.

Mas o que eu diria é que não dispomos de um espaço neutro em que possamos simplesmente situar a tensão entre judeus e arianos. O que é impossível fazer – e isso reflete a radicalidade da idéia do Real – é dizer que, primeiro, podemos fornecer uma descrição social neutra e objetiva da realidade social, que situe os judeus aqui e os arianos ali, como uma constelação social objetiva, e a partir daí desenvolver a idéia da fantasia como um simples epifenômeno secundário.

Nesse ponto, eu concordaria com a visão de Laclau e Mouffe de que a sociedade não existe: não existe um espaço neutro, não há nenhuma realidade neutra que possa primeiro ser objetivamente descrita e a partir da qual desenvolvamos, depois, a idéia de antagonismo. Mais uma vez, essa seria minha idéia de fantasia como realidade constitutiva. É claro que os nazistas foram um obstáculo real, mas a pergunta é: *por que* foram um obstáculo real? E a resposta é: porque foram sustentados por certo universo fantasístico. Isso equivale a dizer que você pode, é claro, descrever de que modo os nazistas constituíram uma ameaça real, como ameaçaram a realidade social para os judeus, mas a razão de eles terem sido uma ameaça, na realidade, pouco teve a ver com as fantasias sobre um antagonismo radical. Nesse sentido, tudo que afirmo é que não se pode explicar o antagonismo como Real apenas nos termos de uma reflexão ou de um efeito de certos conflitos na realidade social.

Voltando à idéia do Real real e da realidade, o aspecto crucial que devemos ter em mente é que, repetindo, o Real lacaniano não é uma espécie de núcleo duro – a realidade verdadeira, em oposição a nossas meras ficções simbólicas. É por isso que a idéia de Real imaginário, que evoquei antes, é muito importante. Creio que o Real é, de certo modo, uma ficção; o Real não é um tipo de natureza bruta que seja posteriormente simbolizada. Simboliza-se a natureza, mas, para simbolizar a natureza, produz-se, nessa própria simbolização, um excesso ou uma falta, assimetricamente: e *isso* é o Real. Essa é a lição crucial de Lacan. Não é, como às vezes se supõe de forma errônea, que você tenha, digamos, uma realidade ingenuamente pré-simbólica: você a simboliza e, depois disso, alguma coisa não pode ser simbolizada, e isso é o Real. Não, isso é só uma espécie de realidade estúpida; nem sequer temos uma denominação ontológica para ela. Trata-se, antes, de que o próprio gesto de simbolização introduz uma lacuna na realidade. É essa lacuna que é o Real, e toda forma positiva dessa lacuna é constituída através da fantasia.

Mais uma vez, portanto, o crucial é evitar qualquer reificação do Real. O Real pode ser considerado quase um termo topológico, uma deformação topológica, e qualquer substancialização dele é uma espécie de ilusão de perspectiva. O Real é uma categoria puramente topológica. Com referência à passagem da teoria especial para a teoria geral da relatividade, em Einstein, poderíamos enunciá-la nestes termos: através da simbolização, o próprio espaço se curva, e o Real é a ilusão de que essa curvatura do espaço é causada por alguma entidade positiva. Mas o ponto a frisar sobre o Real é que a impossibilidade não resulta de um obstáculo positivo, mas é puramente intrínseca: a impossibilidade é produzida como a própria condição do espaço simbólico. Esse é o supremo paradoxo do Real. Você não pode ter tudo, não porque alguma coisa lhe faça oposição, mas por causa desse autobloqueio puramente formal, estruturalmente intrínseco.

Conversa 3
Sujeitos da modernidade: a virtualidade e a fragilidade do Real

GLYN DALY: *Você tem enfatizado sistematicamente a persistência do sujeito como uma dimensão da negatividade radical de todos os seres. A atitude "pós-moderna" típica, entretanto, caracteriza-se por uma resistência feroz à idéia de sujeito. O que lhe parece estar por trás dessa resistência?*

ŽIŽEK: Respondo a sua pergunta em termos diretos e vulgares: é que todo sujeito é o Real, e toda resistência, em última análise, é resistência ao Real. Os críticos que acreditam que devemos superar a subjetividade estão empenhados numa pseudoluta contra uma noção limitada do sujeito (como o sujeito cartesiano transparente para si mesmo). Mas eles estão implicitamente cônscios do que representa o sujeito – negatividade radical, dimensão da pulsão de morte e assim por diante – e de que é isso que está verdadeiramente em jogo. Há aí quase uma estrutura histérica, no sentido de que a resistência é à dimensão constitutiva intermediária do Real, que não é a natureza nem a cultura, mas o furo como tal: o ponto de loucura primordial, de foraclusão primordial. Nesse sentido, penso que o campo supremo da resistência é aquele que concerne à dimensão de um excesso insuportável, que é exatamente a dimensão do sujeito. Livrar-se do sujeito significa tentar livrar-se desse excesso perturbador, que é, não obstante, uma condição transcendental da cultura, uma espécie de disfunção que age como um mediador evanescente e necessário entre a natureza e a cultura.

Parte da resistência, pelo menos, dirige-se especificamente à visão psicanalítica da sexuação do sujeito. Por que a distinção masculino/feminino é considerada um antagonismo primário do Real? Ela é diferente de outras formas de antagonismo?

Primeiro, acho que talvez o termo "antagonismo" não seja muito apropriado nesse caso. É claro que há formas diferentes de antagonismo, quanto a isso não há nenhum problema. A tese lacaniana é que, embora a diferença sexual, no sentido especificamente humano, não possa ser compreendida em termos biológicos, ela tampouco pode ser entendida como uma simples diferença simbólica – como no livro de John Gray, *Homens são de Marte, mulheres são de Vênus* (ou seja, de universos simbólicos diferentes). O que ocorre é que a diferença sexual é algo co-substancial à humanidade universal. Não existe definição neutra do ser humano, sem referência à diferença sexual. O que define a humanidade é essa diferença como tal. Nesse sentido, a diferença sexual é uma espécie de definição de nível zero do que é um ser humano. Portanto, não é que você tenha um conjunto universal de características humanas definidoras (a fala, a razão, a linguagem, a produção etc.) e que, além disso, existam homens e mulheres. Não, é o inverso: ser humano significa, precisamente, ser diferenciado nos moldes da diferença sexual.

Na teoria de Lacan, a diferença sexual está inscrita na própria estrutura da ordem simbólica. Não é uma diferença entre dois modos de simbolização, mas a diferença pertinente a certo impasse fundamental da ordem simbólica. Isso é mais sutil do que pode parecer à primeira vista, porque, repetindo, a questão é que a diferença como tal é universal. Ser humano significa ser capaz de diferenciar-se de certa maneira, de viver certa diferença. Essa é a radicalidade da abordagem lacaniana.

Em oposição à abordagem lacaniana do sujeito, é freqüente invocar-se o nome de Deleuze. Qual é sua visão da tendência deleuziana na filosofia moderna?

O problema de Deleuze é que há *duas* lógicas, *duas* oposições conceituais operando em seu trabalho. Esta compreensão parece tão óbvia – quase o que os franceses chamam de *lapalissade** –, que ficamos surpresos com o fato de ainda não ter sido amplamente percebida. Por um lado, existe a lógica proveniente de Schelling, que opõe o virtual ao real: o espaço do real (atos efetivos no presente, a realidade vivenciada e os sujeitos como pessoas, como indivíduos formados), acompanhado por sua sombra virtual (o campo da proto-realidade, das singularidades múltiplas, dos elementos impessoais que são posteriormente sintetizados numa experiência da realidade). Esse é o Deleuze do "empirismo transcendental", o Deleuze que dá ao transcendentalismo de Kant sua vertente singular: o espaço transcendental propriamente dito é o espaço virtual das múltiplas potencialidades singulares, dos gestos, afetos e percepções singulares e impessoais "puros", que ainda não são os gestos-afetos-percepções de um sujeito

---

* Truísmo, obviedade. O termo francês provém do episódio em que os soldados do marechal Jacques II de Chabannes, senhor de La Palice (1470-1525), morto em Pavie, compuseram em sua homenagem uma canção que trazia os versos "quinze minutos antes de morrer, ele ainda estava vivo". Pretendiam dizer que ele se batera até o último instante, mas esse sentido se perdeu com o tempo, conservando-se na língua francesa apenas a idéia de obviedade, expressa no substantivo *lapalissade* (N. de T.).

preexistente, estável e idêntico a ele mesmo. É por isso, por exemplo, que Deleuze celebra a arte cinematográfica: ela "liberta" o olhar, as imagens, os movimentos e, em última instância, o próprio tempo de sua atribuição a um dado sujeito – ao assistirmos a um filme, vemos o fluxo de imagens pela perspectiva de uma câmera "mecânica", uma perspectiva que não pertence a sujeito algum; pela arte da montagem, o movimento também é abstraído/libertado de sua atribuição a um dado sujeito ou objeto, é um movimento impessoal, que apenas secundariamente, depois, é atribuído a entidades positivas.

Por outro lado, existe a lógica mais tradicional, que contrasta a produção com a representação: o campo virtual é (re)interpretado como sendo o das forças produtoras gerativas, oposto ao espaço das representações. Temos aí toda a tópica-padrão dos múltiplos *loci* moleculares de produtividade, cerceados pelas organizações molares totalizantes etc.

É no tema da oposição entre o ser e o devir que Deleuze parece mobilizar essas lógicas fundamentalmente incompatíveis – e ficamos tentados a atribuir a "má" influência que o empurrou para a segunda lógica a Félix Guattari. A linha de Deleuze, propriamente dita, é a das grandes monografias iniciais, a de *Diferença e repetição* e *Lógica do sentido*, e a de alguns textos introdutórios mais curtos, como *Proust e os signos* e *Apresentação de Sacher-Masoch: O frio e o cruel*; em sua obra posterior, é a dos dois livros sobre o cinema, que marcaram o retorno ao tema da *Lógica do sentido**. Essa série deve ser distinguida dos livros co-escritos por Deleuze e Guattari, e só nos resta lamentar que a recepção anglo-saxônica

---

* Esses títulos de Deleuze têm tradução no Brasil: *Diferença e repetição* (trad. Luiz Orlandi, Rio de Janeiro, Graal, 1998), *Lógica do sentido* (trad. Luís R. Salinas Fortes, São Paulo, Perspectiva, 1974), *Proust e os signos* (trad. Roberto Machado, Rio de Janeiro, Forense Universitária, 2003), *Apresentação de Sacher-Masoch: O frio e o cruel* (Rio de Janeiro, Taurus, 1983). (N. de T.)

a Deleuze, bem como o impacto político de Deleuze, refiram-se predominantemente a um Deleuze "guattarizado": é crucial observar que, na verdade, nenhum dos textos do próprio Deleuze é diretamente político, em nenhum sentido – em si mesmo, Deleuze é um autor sumamente elitista, indiferente à política. A única pergunta filosófica séria, portanto, é: que impasse intrínseco levou Deleuze a se voltar para Guattari? Será que *O anti-Édipo**, tido como seu pior livro, não resultou da fuga do enfrentamento pleno de um impasse, através de uma solução "insossa" e simplificada, homóloga a quando Schelling fugiu do impasse de seu projeto do *Weltalter* por meio da guinada para a dualidade da filosofia positiva e negativa, ou a quando Habermas fugiu do impasse da dialética do Iluminismo pela guinada para a dualidade da razão instrumental e da razão comunicativa? Nossa tarefa é enfrentar outra vez esse impasse.

E, de novo, será que essa oposição não é a do materialismo *versus* o idealismo? Em Deleuze, isso significa a *Lógica do sentido* contra *O anti-Édipo*. Ou bem o evento-sentido, o fluxo do puro devir, é o efeito imaterial (neutro, nem ativo nem passivo) do intrincamento de causas materiais corporais, ou as próprias entidades corporais positivas são produto do puro fluxo do devir (do sentido?). Ou o campo infinito da virtualidade é um efeito imaterial dos corpos que interagem, ou então os próprios corpos emergem, materializam-se a partir desse campo da virtualidade. Na *Lógica do sentido*, o próprio Deleuze desenvolve essa oposição, sob a forma de duas gêneses possíveis da realidade: a gênese formal (a emergência da realidade a partir da imanência da consciência impessoal, como puro fluxo do devir) é complementada pela gênese real, que responde pela emergência do próprio

---

* G. Deleuze e F. Guattari, *O anti-Édipo: Capitalismo e esquizofrenia* (Rio de Janeiro, Imago, 1976). (N. de T.)

evento-superfície imaterial a partir da interação corporal. Às vezes, quando segue o primeiro caminho, Deleuze aproxima-se perigosamente de fórmulas "empiriocriticistas": o fato primordial é o fluxo puro da experiência, não atribuível a nenhum sujeito, não subjetivo nem objetivo – sujeito e objeto, como todas as entidades fixas, são apenas "coagulações" secundárias desse fluxo.

Essas duas lógicas (o evento como a força que gera a realidade e o evento como efeito puro e estéril das interações corporais) também parecem implicar duas posturas psicológicas privilegiadas: o evento gerativo do devir baseia-se na força produtiva do "esquizo", nessa explosão do sujeito uno na multidão impessoal de intensidades desejantes que é cerceada pela matriz edipiana; o evento como efeito imaterial estéril baseia-se na imagem do masoquista que encontra satisfação no jogo repetitivo e estéril de rituais encenados, cuja função é adiar perenemente a *passage à l'acte* [passagem ao ato] sexual. De fato, será possível imaginarmos um contraste mais intenso do que entre o esquizo que se lança sem reservas no fluxo das paixões múltiplas e o masoquista que se agarra ao teatro de sombras de seus desempenhos meticulosamente encenados, que repetem vez após outra o mesmo gesto estéril?

Detendo-nos na questão da matriz edipiana, até que ponto você acha que as novas formas de sexualidade, de biotecnologia, de identidades parentais etc. vêm exercendo um impacto nessa matriz? Será que estão levando a um declínio do Édipo, ou a uma reelaboração de seus princípios?

Para começar, não acho que o Édipo seja co-substancial à diferença sexual em si. Penso que o Édipo é apenas uma das formas. Tal como o vejo, o verdadeiro problema não concerne tanto a essas formas pós-edipianas de identidades parentais mistas, mas concentra-se na perspectiva da clonagem e das novas formas de reprodução (a possibilidade de as mulheres serem inseminadas puramente pela manipulação celular) e no completo desaparecimento das concepções tradicionais de paternidade e maternidade. Que acontecerá com isso?

Acho que não devemos ter medo de extrair conclusões extremamente radicais. Por um lado, devemos abandonar a velha idéia humanista de que, haja o que houver, uma certa forma de dignidade humana será mantida ou reafirmada. Isso é pura tapeação. Essa visão presume, dogmaticamente, que uma idéia básica de humanidade sobreviverá de algum modo a todas essas transformações sociotecnológicas. Mas também não confio na idéia oposta dos que acham que, até agora, fomos cerceados por uma certa estrutura patriarcal, e que a possibilidade das manipulações genéticas proporciona uma nova plasticidade, uma nova liberdade. Não sei qual será o resultado. Mas estou convencido de que, se essas tendências continuarem, o próprio *status* do que significa sermos humanos se modificará. Até as coisas mais elementares, como a fala, a linguagem, o senso emocional etc., serão afetadas. Não devemos presumir nada, e seria inconseqüente ter uma postura otimista ou pessimista.

Dada a radicalidade da diferença sexual – de que o próprio senso de humanidade se estrutura pela diferenciação sexual –, se essa estrutura não sobreviver, sinto-me quase tentado a dizer que surgirá uma nova espécie. Talvez já não seja uma espécie humana: tudo depende da nova forma que a impossibilidade do Real possa assumir.

Sua análise das formas contemporâneas de subjetividade liga-se com freqüência ao conceito lacaniano de objeto pequeno a. *Você poderia falar um pouco mais do funcionamento desse objeto esquivo?*

Um dos chocolates mais populares em toda a Europa Central é o chamado *Kinder*, uma casca de ovo vazia, feita de chocolate e envolta em papel de cores vivas; depois de desembrulhar o ovo e abrir a casca de chocolate, encontra-se lá dentro um brinquedinho de plástico (ou pequenas peças de plástico com as quais se pode montar um brinquedo). Será que esse brinquedo não é o objeto pequeno *a* no que ele tem de mais puro – o pequeno objeto que preenche o vazio central, o tesouro oculto, o *agalma* situado no centro? Muitas vezes, a criança que compra esse ovo de chocolate desembrulha-o nervosamente e quebra a casca de chocolate, sem se incomodar em comê-la, preocupada apenas com o brinquedo que está lá dentro; será que esse amante de chocolate não é um exemplo perfeito do dito lacaniano "Eu o amo, mas, inexplicavelmente, amo em você algo mais do que você, e por isso eu o destruo"? Esse vazio material ("real") no centro representa, é claro, o vazio estrutural ("formal") em função do qual nenhum produto é "realmente isso", nenhum produto fica à altura da expectativa que desperta. Em outras palavras, o brinquedinho de plástico não é simplesmente diferente do chocolate (o produto que compramos); apesar de ser materialmente diferente, ele preenche a lacuna do próprio chocolate, isto é, está na mesma superfície do chocolate. (Na França, ainda é possível comprar um doce que tem o nome racista de *la tête du nègre* [cabeça de negro]: um bolo de chocolate parecido com uma bola cujo interior é vazio ("como a cabeça do negro idiota") – e o *Kinder-ovo* preenche esse vazio. A lição a extrair disso é que *todos* temos uma "cabeça de negro" com um buraco no meio.) E esse ovo fornece a fórmula de todos os produtos que prometem algo mais ("compre um aparelho de DVD e ganhe cinco DVDs grátis", ou, numa forma ainda mais direta, uma quantidade maior da mesma coisa – "compre esta pasta de dentes e ganhe mais um terço grátis"), para não falar do ardil típico da garrafa de Coca-Cola ("tire o revestimento da tampinha de metal e você poderá descobrir que é o ganhador de um dos prêmios, desde outra Coca-Cola grátis até um carro novinho em folha"): a função desse "mais" é suprir a falta de um "menos" – compensar o fato de que, por definição, uma mercadoria jamais cumpre sua promessa (fantasística). Em outras palavras, o supra-sumo da mercadoria "verdadeira" seria aquela que não precisasse de nenhum complemento, aquela que simplesmente cumprisse na plenitude o que promete – "você recebe aquilo por que pagou, nem mais nem menos". Não é de admirar, portanto, que agora esses ovos estejam proibidos nos Estados Unidos e tenham que ser contrabandeados do Canadá (e vendidos por três vezes o seu preço): por trás do pretexto oficial (eles instigam você a comprar outro objeto, não aquele que é anunciado), é fácil discernir a razão mais profunda – esses ovos exibem de maneira demasiadamente escancarada a estrutura intrínseca da mercadoria.

E essa seria uma estrutura tipicamente lacaniana, sem conteúdo positivo, mas que gira em torno de um vazio infinitamente traduzível?

Sim; e será que não há uma homologia estrutural clara entre essa estrutura da mercadoria e a estrutura do sujeito burguês? Será que os sujeitos – exatamente na medida em que são sujeitos dos direitos humanos universais – também não funcionam como os ovos de chocolate *Kinder*? A resposta humanista-universalista à *tête du nègre* não seria exatamente algo como um *Kinder-ovo*? Como diriam os ideólogos humanistas, podemos ser infinitamente diferentes – uns são negros, outros, brancos; alguns são altos, outros, baixos; alguns são mulheres, outros, homens; alguns são ricos, outros, pobres etc. etc. – mas, no fundo de todos nós, existe o mesmo equivalente moral do brinquedo de plástico, o mesmo não-sei-quê, um x elusivo que, de algum modo, responde pela dignidade compartilhada por todos os seres humanos.

Duas décadas atrás, a revista semanal esquerdista alemã *Stern* fez uma experiência muito cruel: pagou a um homem e a uma mulher sem-teto paupérrimos para que tomassem banho, e ao homem para que se barbeasse minuciosamente, e depois os entregou aos melhores estilistas e cabeleireiros. Em seguida, numa de suas edições, a revista publicou duas fotos de página inteira dessas pessoas, lado a lado, primeiro em sua condição miserável de sem-teto, ambos sujos e o homem com a barba por fazer, e depois vestidos por um grande estilista. O resultado foi eficazmente insólito: embora ficasse claro que estávamos lidando com as mesmas pessoas, o efeito da roupa diferente etc. foi de que uma de nossas crenças – a que diz que por trás da aparência diferente está uma e a mesma pessoa – ficou abalada. Não era apenas a aparência que estava diferente: o efeito profundamente perturbador dessa mudança de aparência foi que nós, os espectadores, de algum modo percebemos uma personalidade diferente sob ela. A *Stern* foi bombardeada com cartas dos leitores, que acusaram a revista de violar a dignidade dos sem-teto, de humilhá-los, submetê-los a uma piada cruel – mas o que esse experimento minou foi exatamente a crença no Fator x, no núcleo de identidade que responde por nossa dignidade e persiste através das mudanças de aparência. Em suma, de certo modo, esse experimento demonstrou empiricamente que todos temos "cabeça de negro", que o núcleo da nossa subjetividade é um vazio preenchido por aparências.

Portanto, voltemos à cena da criança pequena que abre e joga fora violentamente o ovo de chocolate, para chegar ao brinquedo de plástico: será que ela não é emblema do chamado "totalitarismo", que também quer livrar-se do invólucro histórico contingente e "não essencial" para libertar a "essência" do homem? Será que ela não é a suprema visão "totalitária", a do Novo Homem renascendo dos dejetos da aniquilação violenta da antiga humanidade corrupta? Paradoxalmente, portanto, o liberalismo e o "totalitarismo" compartilham a crença no Fator x, no brinquedo de plástico dentro do revestimento de chocolate humano.

Isso volta a um tema constante que você enfatiza em seu trabalho, que é a relação entre o universal e o particular. Como vê essa relação?

O que me fascina em Lacan, e que, eu penso, faz dele um verdadeiro dialético, é que ele evita essa falsa oposição entre verdades universais, isto é, a metafísica antiquada sobre como se estrutura o mundo e a postura historicista de que tudo se enraíza em circunstâncias especiais, e por aí vai. A dialética propriamente dita significa que as lutas históricas concretas são as mesmas lutas temporais pelo absoluto em si; que cada época específica tem, digamos, sua própria ontologia. Essa é a verdadeira natureza da dialética. E é por isso que sempre gostei da visão escatológica radical cristã de que a idéia é que, quando a humanidade luta pela salvação, pelo bem contra o mal, isso é uma coisa que diz respeito não somente à humanidade, mas também, de certo modo, ao destino do universo e ao destino do próprio Deus. Seguindo essa linha, uma luta social específica é, ao mesmo tempo, a luta em que o destino de todo o universo é decidido. É simplesmente uma escolha falsa dizer que nos movemos no nível da análise social concreta – da relativização historicista – ou que nos interessamos por questões eternas.

Todo o objetivo dialético é historicizar essas chamadas questões eternas, não no sentido de reduzi-las a um dado fenômeno histórico, mas no de introduzir a historicidade no absoluto em si. Isso é que é o difícil de fazer. E aqui voltamos mais uma vez a Hegel e Schelling, porque, se há alguma coisa a aprender com o idealismo alemão, é precisamente essa atitude dialética. Ela também pode ser encontrada em Heidegger e em sua visão de como a revelação do Ser requer o humano no sentido do *Dasein* (ser-aí), ou seja, de que a humanidade contingente é, ao mesmo tempo, o único *locus* de revelação do próprio absoluto.

Seria possível dizer que o destino do Real também vem sendo decidido por desdobramentos contingentes? Por exemplo, as novas formas de biotecnologia já parecem trazer em si uma nova experiência do Real.

Há uma angústia muito difundida que se associa ao que Lacan teria chamado de saber no Real. E é muito traumático presumir o saber no Real. Embora saibamos que os genes não são nosso destino, que tudo depende da interação com o meio e assim por diante, tomemos um dos poucos casos em que o determinismo é mais ou menos perfeito: a doença de Huntington, na qual o código genético se repete com exagerada freqüência e tem-se uma espécie de erro de redação. Analisando a composição sangüínea/genética de um indivíduo, agora é possível prever, com até um ou dois meses de antecedência, quando ele ou ela terá os primeiros sintomas e quando ocorrerá sua morte.

Bem, isso é simplesmente uma questão de destino. A pergunta é: será que as pessoas estão preparadas para esse saber no Real? Um detalhe interessante, que aponta para o problema implícito da subjetivação, é que o próprio Huntington, embora essa doença estivesse presente em sua família, não quis ou não se atreveu a aplicar o teste nele mesmo. Assim, Huntington pode ser visto como uma figura quase paradigmática do encontro moderno com o novo Real científico. E, como mostram todas as pesquisas sobre essa questão, a vasta maioria das pessoas prefere, na verdade, não saber – com a única exceção dos pais de filhos pequenos, que precisam planejar providências futuras.

Esse é um paradoxo interessante, ligado a outro paradoxo da probabilidade que ilustra o que Lacan quer dizer ao afirmar que, inconscientemente, todos acreditamos em Deus, em nossa imortalidade. Imaginemos uma situação de guerra em que quatro de nós tenhamos de fazer uma incursão. Se todos os quatro cumprirmos essa missão, é quase cem por cento certo que metade de nós morrerá. Assim, se a executarmos juntos, terei uma probabilidade de cinqüenta por cento de morrer – mas não se sabe de antemão quem morrerá.

Por outro lado, existe a possibilidade de que um de nós se sacrifique: por exemplo, num bombardeio suicida. Essa pessoa com certeza morrerá, mas, dessa maneira, apenas um quarto de nós perderá a vida. Então, a pergunta é: o que você faria? Devemos executar a missão juntos, com uma possibilidade de que metade de nós morra, mas sem termos conhecimento de quem morrerá, ou devemos tirar a sorte, para que a taxa de mortalidade seja de apenas 25 por cento, só que, nesse caso, ao menos sabendo de antemão quem vai morrer? Praticamente todos escolhem a primeira possibilidade, porque é terrível saber com certeza que se vai morrer. A pessoa quer ter a esperança. Essa é uma boa ilustração lacaniana de nossa crença secreta em nossa relação especial com Deus. Vemos aí o trabalho da fantasia.

E o processo fantasístico admite uma certa recursividade nesses tipos de situações de saber no Real?

Até certo ponto, embora haja aí uma complexidade considerável. Por exemplo, qual seria a solução fantasística para um distúrbio genético? Suponhamos que a doença de Huntington existisse em minha família e que houvesse certa probabilidade de eu tê-la. O que eu faria? É uma fantasia, mas digamos que eu tenha um amigo íntimo que é médico e tem acesso a todos os venenos necessários. Eu lhe pediria para fazer o teste, mas sem me dizer nada – somente ele saberia o resultado, sobre eu ter ou não a doença. Caso o resultado fosse positivo, um ou dois meses depois do início da doença, esse amigo poria veneno em minha comida, sem que eu soubesse. Para mim, é provável que essa fosse a solução perfeita, na fantasia: eu não saberia de nada e, num dado momento, apenas adormeceria, feliz como sempre, e não acordaria mais.

Mas isso não funciona do ponto de vista lacaniano, porque a categoria mais problemática, para Lacan, não é o simples saber, mas o saber sobre o saber do Outro. Creio que essa é a lição fundamental de Lacan. Não se trata simplesmente do que você sabe, mas do que você sabe que o Outro sabe. O saber do Outro nos incomodaria o tempo todo, traumatizando-nos.

Você talvez ficasse com medo de aceitar convites do seu amigo para jantar?

Sim, porque não há como apagar o fato de que o Outro sabe. Assim, mais uma vez, a única solução perfeita, nesse caso, seria dispormos de um órgão estatal anônimo que fizesse isso para todos nós, sem que nenhum de nós soubesse. Mas, é claro, essa é uma perfeita fantasia totalitária, não é?

Pois foi a mesma idéia que frisei a propósito do tipo de situação explorada em *A época da inocência*, de Scorcese, na qual um homem trai sua esposa, achando que ela não sabe. No entanto, quando toma conhecimento de que ela soube desde sempre, isso estraga tudo. Embora não tenha havido nenhuma mudança efetiva, a única coisa que ele sabe é que ela sabia o tempo todo, de modo que a situação se torna extremamente humilhante. Mais uma vez, portanto, saber o que o Outro sabe, saber que o Outro sabe, é uma categoria dialética extremamente complexa.

Até que ponto as novas formas de conhecimento científico no Real exercem um impacto na abordagem tradicional da ciência e do progresso, baseada no Iluminismo?

Nesse ponto, um paradoxo central concerne à maneira como os filósofos tradicionalistas, tais como Habermas, tentam manter viva a herança humanista convencional. Recentemente, Habermas fez uma conferência sobre como a biogenética afetará as questões éticas e alguns temas cruciais do Iluminismo. Creio que sua postura aponta para preocupações importantes, mas é também profundamente falha. A tese de Habermas é que, se vier a ser possível intervir diretamente nas fórmulas da herança biológica de uma pessoa, modificar suas características psíquicas ou físicas, isso terá o potencial de minar nosso próprio senso de autonomia, liberdade, responsabilidade pessoal e assim por diante.

Habermas tem toda razão em assinalar que a idéia tradicional de educação, como influência civilizadora, poderia ser derrubada. Quando alguém não é educado, não no sentido de não saber ler, mas de ser rebelde e incivilizado demais, toda a idéia da luta moral é que, pelo esforço pessoal, ele aprenderá a se controlar, a se civilizar. Mas, se os cientistas interferirem no código genético de um indivíduo e o tornarem menos violento e mais dócil, a educação, como processo moral de desenvolvimento pessoal, será simplesmente contornada – tornar-se-á redundante. Por isso, a primeira colocação de Habermas é que a idéia do indivíduo como agente autônomo fica minada. Sua segunda afirmação é que as relações intersubjetivas também ficariam comprometidas, e poderíamos ter duas classes de seres humanos: os que são plenamente "humanos", no sentido tradicional, e aqueles cujo código genético foi manipulado e que passam a ser percebidos como subhumanos ou super-humanos. Para Habermas, isso destruiria as próprias condições de igualdade social e simetria efetiva que são necessárias a uma relação ética adequada. Conseqüentemente, a idéia de coletividade humana e do potencial de se chegar a uma comunidade humana de iguais, através da comunicação não distorcida, seria invalidada. Essa é a ameaça.

Concordo com Habermas em que a biogenética traz uma ameaça, porque, como todos sabemos, ela significa o fim da natureza. Em outras palavras, a própria natureza é vivida como algo que segue certos mecanismos passíveis de modificação. A natureza passa a ser um produto técnico, que perde seu caráter natural espontâneo. E Habermas está certo ao assinalar que foi somente tendo por pano de fundo essa espontaneidade natural que as idéias modernas de liberdade e dignidade humanas tenderam a funcionar. Basicamente, no entanto, a solução de Habermas é a morte: é a idéia de que, como a perspectiva de manipulação biogenética afeta nossos sensos de autonomia e liberdade, devemos proibi-la, cerceá-la.

Penso que essa solução simplesmente não funciona, não só pela razão vulgar de que as pessoas farão isso de qualquer maneira, mas porque, depois de sabermos que os genes podem ser manipulados, é impossível desfazer esse conhecimento. Isso seria uma impostura, uma espécie de cisão fetichista, na qual teríamos a situação de sabermos manipular os genes, mas, ao mesmo tempo, fingirmos não saber, para salvar a liberdade. Portanto, o paradoxo aí é que Habermas, o grande iluminista, adota basicamente a velha estratégia católica do "é melhor não saber":

para salvar a dignidade humana, não esmiucemos demais. Paradoxalmente, ele é obrigado a adotar uma postura antiiluminista.

Em contraste com essa postura antiiluminista, é possível desenvolver uma visão alternativa da liberdade e da autonomia?

O conservadorismo de Habermas deriva de uma idéia-padrão de liberdade e autonomia. Essa idéia é que, se os avanços científicos ameaçam tal concepção, devemos simplesmente proibir esses avanços. O problema que vejo nisso é que as propriedades que vivenciamos como nossas tendências espontâneas são determinadas por uma constelação genética totalmente contingente e sem sentido. Logo, o paradoxo é este: para preservar a autonomia, a dignidade e a liberdade humanas, Habermas quer coibir nossa liberdade (a liberdade de nos manipularmos pela ciência, especificamente). Mas essa restrição não funciona. Se eu manipulo sua herança genética, você não é livre, mas, a partir do momento em que sabe da mera possibilidade de eu manipular seus genes, você também já perdeu a liberdade – por que seria mais livre, se está ciente de que é uma pura contingência natural estúpida que determina quem você é? O momento da perspectiva da manipulação biogenética já chegou, e a liberdade, no sentido padronizado clássico, perdeu-se. Habermas falha nesse ponto, e é surpreendente, em alguém que se afirma um grande partidário do Iluminismo, que ele repita a velha idéia conservadora de que, para preservar a liberdade, temos de limitar nosso conhecimento: a condição da liberdade moral, da dignidade e da autonomia seria não sabermos demais sobre o que objetivamente somos.

A pergunta que precisa realmente ser formulada é esta: será que de fato somos simplesmente determinados pelos genes? Dito em termos ingênuos, é possível salvar a liberdade humana, diante da perspectiva da definição completa de nosso genoma, de nossa fórmula biogenética? O verdadeiro desafio filosófico que vejo aí é reformular a idéia de liberdade humana no próprio contexto do conhecimento genético e elaborar em que sentido ainda seríamos livres, o que significaria autonomia, e assim por diante. Creio que isso pode ser feito justamente por meio da psicanálise, e em especial da idéia de pulsão de morte. A pulsão de morte não é algo que esteja em nossos genes; não existe um gene da pulsão de morte. Na verdade, a pulsão de morte é uma disfunção genética.

E, como disfunção genética, presume-se que a pulsão de morte não seja algo que se possa clonar?

O problema aqui não é a clonagem como tal, mas o confronto com o que não pode ser clonado. Na clonagem, temos todos os antigos paradoxos do duplo. Tomemos a situação-padrão evocada: os pais tiveram um filho que morreu e querem obter uma cópia dessa criança. Mas penso que essa situação seria monstruosa, na verdade. Com o clone, os pais teriam alguém que se pareceria com o primeiro filho, falaria e agiria exatamente como ele, mas saberiam, com respeito a essa pessoa, que ela não era o primeiro filho. Creio que o segundo filho seria vivido como uma usurpação monstruosa: um encontro com o duplo, no que isso tem de mais puro. Seria como aquela velha piada dos irmãos Marx, no começo de *Uma noite na ópera*, quando Groucho está seduzindo uma típica viúva rica e diz: "Seus olhos, seu nariz, tudo em você me lembra você... tudo, menos você!". Seria essa a situação. Por isso, penso que toda essa perspectiva de clonagem e biogenética nos confronta com questões filosóficas fundamentais. Vemo-nos obrigados, em nossa vida cotidiana, a enfrentar problemas filosóficos.

> *Também vivemos numa época em que existe a perspectiva de clonar a realidade como realidade virtual. Como se deve conceber a relação entre realidade e realidade virtual?*

Primeiro, não acho que a virtualização seja tão simples quanto pode parecer. O modo como a digitalização afetará nossas vidas não está inscrito na própria tecnologia. Creio que a primeira lição da virtualização é hegeliana. Não é que houvesse uma realidade antes e que agora estejamos na realidade virtual, mas sim que aprendemos, retroativamente, que nunca houve uma "realidade", no sentido de uma experiência imediata (ou não mediada). Retroativamente, a virtualização nos conscientiza de que o universo simbólico como tal já era sempre minimamente virtual, no sentido de que todo um conjunto de pressuposições simbólicas determina o que vivenciamos como realidade. Não vivenciamos as coisas diretamente como a realidade, e por isso o Real, exatamente no sentido do Real cru, é vivenciado como espectro e fantasia, com aquilo que não pode ser integrado na realidade.

Se cotejarmos a realidade virtual com a realidade real, veremos que o Real não deve ser concebido como a parte da realidade real que não pode ser virtualizada. Para que haja virtualização, devemos formular uma pergunta mais radical: como é possível a virtualização da realidade? Como pode um espaço de virtualização emergir dentro da própria realidade? A única resposta consistente é que a realidade em si, para usar o jargão lacaniano, é não-toda; há uma certa lacuna na própria realidade, e a fantasia é precisamente o que preenche essa lacuna. A virtualização é possibilitada justamente porque o Real abre uma lacuna na realidade, que é então preenchida pela virtualização.

Para dizê-lo em termos filosóficos ainda mais clássicos e ingênuos, o verdadeiro problema não está em como ir das aparências para a realidade, mas em como algo como a aparência pode emergir dentro da realidade. Como pode a realidade duplicar-se numa aparência? A única solução é uma solução lacaniano-hegeliana: uma vez que a própria realidade precisa da aparência, a realidade em si é não-toda. A aparência, justamente, não é um epifenômeno. A aparência é inerente à realidade. Em outras palavras, o Real persiste como a falta ou a incoerência da realidade que tem que ser preenchida pela aparência. A aparência não é secundária, mas emerge através do espaço do que falta na realidade.

Só para sermos claros: a tese é não apenas que a realidade nunca pode coincidir com ela mesma – já que a aparência, ou a virtualização, é sempre possível nela, por causa de uma lacuna intrínseca na ordem da realidade –, mas também que a própria realidade é impossível sem o Real?

Sinto-me até tentado a dizer que há um certo eco entre essa concepção do Real e, num nível muito geral, os resultados das especulações cosmológicas da física quântica, na qual também se tem essa idéia de que, visto de fora, em sua totalidade, o universo é um vazio. Essa é a postura materialista que Deleuze chamou de perspectivismo universalizado. Isso não significa que não haja realidade, uma vez que tudo é apenas uma perspectiva subjetiva; é mais radical. Ao percebermos uma coisa por certa perspectiva, nossa impressão imediata tende a ser a de que essa percepção faz parte de uma visão distorcida do que é a coisa em si. Porém, a conclusão mais radical do perspectivismo universalizado é que, se retirarmos a perspectiva distorcida, perderemos a coisa em si. A própria realidade resulta de certa perspectiva distorcedora.

Não há realidade positiva fora dessas distorções. Essa descoberta – e aqui, meu Deus, quase me torno adepto da Nova Era – também está presente, em certa medida, em Nagarjuna, o fundador do budismo maaiana. O que Nagarjuna diz é que, quando o budismo afirma a noção do vazio – *sunyata* (vazio/ nada) –, não se trata do nada no sentido simples de não existir coisa alguma. A idéia, antes, é que toda entidade positiva provém de uma perspectiva distorcida, e que nada existe de forma objetiva ou independente dela. Em termos objetivos, nada existe, e as entidades só emergem como resultado da diferenciação de perspectivas, na qual toda diferenciação é uma distorção parcial.

Aí podemos ver em que sentido Lenin, em seu *Materialismo e empiriocriticismo*, tentou ser materialista: ele estava obcecado com a idéia de a mente refletir uma realidade objetiva, existente do lado de fora. Mas essa idéia depende de um idealismo oculto, porque a idéia de que existe uma realidade objetiva fora de nossas reflexões pressupõe que nossa mente, que reflete a realidade, funciona como um olhar que, de algum modo, é externo a essa realidade. O perspectivismo universalizado rejeita qualquer olhar dessa ordem. Não se trata de que não haja realidade fora de nossa mente, mas de que não há mente fora da realidade. A distorção da realidade ocorre, precisamente, porque nossa mente faz parte da realidade. Assim, quando Lenin afirma que só podemos chegar à realidade objetiva num interminável processo assintótico de aproximação, o que ele deixa escapar é que nossas distorções da realidade ocorrem exatamente *por sermos* parte da realidade e, portanto, não termos dela uma visão neutra: nossa percepção distorce a realidade porque o observador faz parte do observado. É esse perspectivismo radical que contém, a meu ver, uma postura radicalmente materialista.

A verdadeira fórmula do materialismo não é a de que existe uma realidade numenal além da percepção distorcida que temos dela. A única posição materialista coerente é que o mundo não existe – no sentido kantiano do termo – como um todo fechado em si mesmo. A idéia do mundo como um universo positivo pressupõe um observador externo, um observador que não esteja preso dentro dele. A própria posição da qual se pode perceber o mundo como um todo fechado em si mesmo é a posição do observador externo. Paradoxalmente, portanto, é esse perspectivismo radical que nos permite formular uma postura de fato materialista, não porque o mundo exista fora de nossa mente, mas porque nossa mente não existe fora do mundo. Lenin enfatiza o aspecto errado. O problema do materialismo não é: "A realidade existe do lado de fora?". O problema é: "Nossa mente existe?". Como é que minha mente existe, e como é ela inerente à realidade?

No entanto, parece que haveria nisso uma certa ambigüidade. Ainda que (retrospectivamente) possamos ver que a "realidade real" sempre foi virtual, em certo sentido, você objeta (em The plague of fantasies) *à idéia de que a realidade real seja compreendida simplesmente como mais uma "janela" da realidade virtual, como a realidade virtual em ponto maior.*

Sim, o que precisa ser evitado é precisamente a idéia de que a realidade real, por assim dizer, seja simplesmente uma dentre uma multidão de realidades virtuais, ou, como às vezes se diz, que a realidade seja mais uma janela de computador. Deparamos aí com uma falsa oposição entre duas concepções igualmente equivocadas da realidade: ou temos uma plenitude de realidade fora do universo virtual, ou não existe realidade externa e a vida real é meramente outra janela. São dois lados da mesma moeda, duas tentações a que se deve resistir.

Tipicamente, essa falsa oposição está na raiz tanto da atitude otimista quanto da atitude pessimista a respeito do ciberespaço. Por um lado, é moda a tendência a celebrar o ciberespaço como um novo campo da união protocomunista em que os seres humanos serão transformados em entidades virtuais, flutuando livremente num espaço compartilhado – o que é uma variação do idealismo gnóstico. Por outro lado, existem os tecnoconservadores que vêem no ciberespaço apenas uma armadilha ilusória, que solapa o potencial humano e sua capacidade de exercer a liberdade e a autonomia verdadeiras. Ao contrário, essa própria idéia de autenticidade é que se revela ilusória. Hubert Dreyfuss é um exemplo desse tipo de autenticismo. Já que o referente supremo de nossa experiência é o mundo da vida real, as atividades do ciberespaço que tendem a romper nossa ligação com esse mundo geram fenômenos como a automutilação (as pessoas que cortam a própria carne) ou o fascínio pelas catástrofes etc. – fenômenos que devem ser compreendidos como outras tantas tentativas desesperadas de retorno ao Real. No entanto, mais uma vez, o que precisa ser afastado é justamente a idéia do Real como o mundo vital supremo: o Real lacaniano é, precisamente, "mais real do que a realidade"; como tal, ele intervém nas rupturas da realidade.

Exatamente em que sentido o Real está do lado da virtualidade, contra a "realidade real"?

Deixe-me tomar o exemplo da dor. Há uma estreita ligação entre a virtualização da realidade e a emergência de uma dor corporal infinita e infinitizada, muito mais intensa do que a dor usual: será que a combinação da biogenética com a realidade virtual não descortina novas possibilidades "ampliadas" de tortura, horizontes novos e inauditos de aumento de nossa capacidade de suportar a dor (através da ampliação de nossa capacidade sensorial de suportá-la e, acima de tudo, pela invenção de novas formas de infligi-la, atacando diretamente os centros cerebrais da dor e contornando a percepção sensorial)? Talvez a imagem sádica suprema da vítima "não morta" da tortura, que consegue suportar uma dor interminável, sem ter à sua disposição a fuga para a morte, também esteja à espera de se tornar realidade. Nessa constelação, a dor real/impossível suprema já não é a dor do corpo real, mas a dor virtual-real "absoluta", causada pela realidade virtual em que me movimento (e, é claro, o mesmo se aplica ao prazer sexual). Uma abordagem ainda mais "real" é aberta pela perspectiva da manipulação direta de nossos neurônios: embora não seja "real", no sentido de fazer parte da realidade em que vivemos, essa dor é real-impossível. E será que o mesmo não se aplica às emoções? Lembre-se do sonho hitchcockiano de manipulação direta das emoções: no futuro, um diretor já não terá que inventar narrativas complexas e filmá-las de um modo convincentemente dilacerante, para gerar no espectador a reação emocional adequada; ele usará um painel de controle diretamente ligado ao cérebro do espectador, a fim de que, quando pressionar os botões adequados, o espectador vivencie tristeza, pavor, solidariedade, medo etc.; ele os vivenciará como reais, numa quantidade jamais igualada pelas situações "da vida real" que despertam medo ou tristeza. É especialmente crucial distinguir esse procedimento do da realidade virtual: o medo não é despertado pela geração de imagens e sons virtuais que o provoquem, mas por uma intervenção direta que contorna inteiramente o nível da percepção. Esse, e não o "retorno à vida real" a partir do meio virtual artificial, é o Real gerado pela própria virtualização radical. O que vivenciamos aí em sua mais pura forma, portanto, é a lacuna entre a realidade e o Real: o Real, digamos, do prazer sexual gerado pela intervenção neuronal direta não ocorre na realidade dos contatos corporais, porém é "mais real do que a realidade", é mais intenso. Esse Real, portanto, solapa a separação entre os objetos da realidade e seus simulacros virtuais: se, na realidade virtual, enceno uma fantasia impossível, posso experimentar nela um gozo sexual "artificial" muito mais "real" do que qualquer coisa que eu possa experimentar na "realidade real".

Por conseguinte, o ciberespaço tem um *status* radicalmente ambíguo. Embora possa funcionar como meio de foraclusão do Real, de um espaço imaginário sem obstáculos, ao mesmo tempo ele pode ser um espaço em que é possível abordar o Real cuja exclusão é constitutiva da experiência da realidade social. O ciberespaço tanto é um modo de escapar dos traumas quanto um modo de formular traumas – e, nesse sentido, segue o paradoxo do *Parsifal* de Wagner, no qual a ferida só pode ser curada pela lança que a infligiu. Por um lado, existe o risco de sermos apanhados numa espécie de movimento circular interno imaginário, mas, por outro, o ciberespaço dá margem ao encontro com o Real, precisamente nos termos do que chamei de Real imaginário, ou seja, o Real da ilusão, a dimensão traumática que foracluímos de nossa realidade.

Então, o ciberespaço não é apenas outra maneira de encontrar com o Real (ou fugir dele), mas também outra maneira de vivenciar o Real?

A formulação padronizada da experiência do Real no ciberespaço tende a se dar em termos de uma espécie de limite físico, de inércia corporal. A idéia é que, por mais que o indivíduo se aprofunde na realidade virtual, ele continua preso a um corpo real (propenso ao envelhecimento, a colapsos funcionais etc.) do qual não se pode abstrair, e, portanto, o sonho gnóstico da transformação dos seres humanos em entidades virtuais é uma impossibilidade. Mas não creio que esse remanescente do corpo constitua o horizonte último do Real. Ao contrário, o Real tem que ser redefinido como uma impossibilidade com a qual deparamos no próprio ciberespaço. É estritamente inerente a ele.

Por exemplo, um encontro possível com o Real no ciberespaço seria a construção de uma fantasia tão extrema que o sujeito, por assim dizer, fugisse de volta para a "vida real". Algo parecido ocorre no caso freudiano do pai que sonha que seu filho o censura com as palavras "pai, não vês que estou queimando?", e que então foge para a vida de vigília, a fim de evitar esse encontro traumático. No caso do ciberespaço, sempre nos é apresentada a possibilidade de nos aproximarmos das coordenadas básicas de nosso espaço de fantasia. Mas, como indica Lacan, as fantasias fundamentais são insuportáveis, insuportáveis no sentido de que a pessoa nunca consegue subjetivá-las inteiramente. Portanto, o Real não é o simples limite externo da simbolização, mas é rigorosamente inerente a ela: são as lacunas produzidas pela própria simbolização. O Real, nesse sentido, tem um caráter quase frágil em relação à textura simbólica.

Essa idéia do Real imaginário é algo que você também explorou num texto recente sobre os acontecimentos de 11 de setembro de 2001, cujo título, Bem-vindo ao deserto do Real!, *é uma referência irônica ao filme dos irmãos Wachowski,* Matrix.

Essa referência a "bem-vindos ao deserto do real" foi feita num sentido muito preciso. Para começar, não significa que "os norte-americanos", ou, em linhas mais gerais, os "ocidentais", estivessem até então vivendo num universo artificial e tivessem sido abruptamente lançados de volta no mundo real. Do ponto de vista norte-americano, não foi a realidade que se intrometeu num universo virtual sumamente desenvolvido, mas foi aquilo que era vivenciado como uma fantasia espectral virtual que se intrometeu na realidade. As questões do terrorismo no Terceiro Mundo, dos desastres etc., eram tipicamente percebidas como algo fantasístico e irreal. Quando esses problemas eram mencionados ou representados nos noticiários ou no cinema, era sempre através de um certo olhar que os distanciava da experiência geral da realidade cotidiana. Portanto, o que aconteceu em 11 de setembro não foi a realidade se intrometendo em nosso mundo imaginário, mas, precisamente, foi aquilo que era percebido de forma fantasística em nossas telas distantes que se intrometeu na realidade. E é por isso que o 11 de setembro também foi acompanhado por certo efeito de irrealidade, porque, embora tenha sido traumático, de certo modo também foi irreal, no sentido fundamental de não fazer parte da realidade norte-americana.

Temos aí um belo exemplo de como a concepção lacaniana do Real implica a lógica inversa à desenvolvida por Roland Barthes, que, em *O efeito do Real**, prefigurou a crítica desconstrucionista padrão a qualquer referência à realidade imediata. Por exemplo, Barthes referiu-se a escritores como Flaubert, que mencionavam toda uma série de detalhes supérfluos não funcionais em sua descrição de um aposento, e a idéia é que esses detalhes produziam o efeito do Real. E, é claro, o objetivo da crítica desconstrucionista é demonstrar que o que vivenciamos como realidade, nesse nível do dia-a-dia, é, com efeito, um constructo de procedimentos simbólicos.

Mas a perspectiva lacaniana é exatamente o inverso. Contrariando a proibição costumeira que diz que a ficção simbólica não deve ser confundida com a realidade ou erroneamente tomada por ela, o discernimento central de Lacan é que o Real não deve ser confundido com a ficção simbólica. Ou seja, a verdadeira arte filosófica não está em reconhecer a ficção por trás da realidade – isto é, você vivencia algo como realidade e, mediante o trabalho da crítica desconstrucionista, desmascara-o como mera ficção

---

* *O efeito do Real* (Petrópolis: Vozes, 1972). (N. de T.)

simbólica –, mas em reconhecer o Real no que parece ser mera ficção simbólica. É o percurso inverso. A verdadeira tarefa não é identificar a realidade como uma ficção simbólica, mas mostrar que pode haver algo na ficção simbólica que é mais do que ficção. É essa dimensão de excesso que funciona como o Real. Poderíamos dizer que, na grande oposição entre a realidade e essas fantasias espectrais, o Real fica do lado das fantasias. Esse é o aspecto crucial. A idéia do Real como simplesmente o supra-sumo do núcleo traumático inaceitável não deve ser considerada, hoje, a última palavra. Não é esse o eixo central do Real lacaniano – o Real lacaniano se manifesta de maneiras muito mais sutis.

E, se o Real está ligado a processos fantasísticos, será que, como horizonte histórico, ele também pode afetar nosso senso do possível?

A idéia fundamental em torno da qual tudo gira é que a própria realidade já se baseia em alguma exclusão ou incoerência – a realidade é não-toda. Então, como funciona o Real? Tomemos o exemplo muito simples da situação histórica em que surge a oportunidade de dar início a uma revolução. Digamos que essa oportunidade seja perdida e que a história siga um rumo diferente, menos radical. O Real, aqui, é exatamente essa oportunidade perdida: o trauma da traição, do que poderia ter sido. A fantasia da história alternativa do que poderia ter acontecido não é uma simples ilusão, mas funciona como uma traição ao Real, ou uma assombração do Real.

Nesse ponto, creio que podemos dar uma interpretação mais radical à idéia derridiana de espectro (espectrologia) e de como ela funciona atualmente. O exemplo paradigmático é o dos cenários históricos alternativos que são muito populares no cinema comercial – ou seja, a representação da história como um campo de múltiplos caminhos e desdobramentos (*A felicidade não se compra*, a trilogia *De volta para o futuro*, *De caso com o acaso* e assim por diante). Penso que esse fenômeno é muito mais ambíguo do que pode parecer. Primeiro, sinto-me tentado a dizer que a popularidade dos cenários históricos alternativos não é propriamente uma expressão do fato de vivermos numa sociedade de livre-arbítrio, na qual sempre podemos fazer escolhas diferentes, mas é quase o inverso: esses cenários são, antes, um sinal de que não temos nenhuma escolha fundamental.

A lição costumeira dos filmes sobre a história alternativa é que as escolhas não têm importância, ou, mais tipicamente, que qualquer intervenção na história ou qualquer alteração dela produz, inevitavelmente, resultados catastróficos. É exatamente através da representação da história como um campo de possibilidades e permutações infinitas que se reproduz a fantasia ideológica de um curso naturalista da história. Os cenários históricos alternativos acabam como representações do desfecho supremo.

A idéia de conclusão efetiva parece ir de encontro à visão celebradora do ciberespaço.

Creio que a ideologia a ser evitada, a propósito do ciberespaço, é simplesmente admitir que ele é um horizonte ilimitado de digitalização, indeterminação ou escolhas em livre fluxo, e assim por diante. Num nível superficial, talvez pareça que é assim, mas penso que, na verdade, temos pouquíssimas escolhas. Creio que nossas sociedades nunca foram mais fechadas nelas mesmas do que hoje. É claro que somos bombardeados com escolhas o tempo todo, mas, a rigor, temos pouquíssimas opções reais. E aí, mais uma vez, o Real se refere à falta de qualquer escolha fundamental. Esta é excluída, justamente, pelo campo contemporâneo das escolhas; torna-se invisível, num mundo de opções aparentemente infinitas.

E, se a capacidade de fazer escolhas reais está diminuindo, será que isso também afeta nosso senso de responsabilidade a respeito de nossos atos no mundo?

Nesse aspecto, um problema essencial é a maneira como pensamos na pena de morte. Basicamente, sou a favor da pena de morte (ou, pelo menos, da idéia da pena de morte), mas isso não é o mais importante. O mais importante é que aqueles que objetam à pena de morte – se levarmos sua argumentação ao limite extremo – aceitam, em última instância, a posição nietzschiana do "Último Homem". A perspectiva nietzschiana do Último Homem é que não existem grandes missões históricas, não há nada por que valha a pena morrer, o valor mais elevado é a continuação da própria vida etc. É uma espécie de atitude de sobrevivente. Não aceito essa visão.

Acho que a oposição de Nietzsche entre niilismo ativo e passivo – ou seja, que é melhor querer ativamente o próprio nada do que não querer coisa alguma – reflete, curiosamente, a condição moderna. Em contraste com o fundamentalismo percebido no Outro fanático, o que vemos hoje é a imagem hegemônica do sujeito liberal que, como o Último Homem nietzschiano, interessa-se apenas pela busca dos prazeres particulares e dos ideais privados de felicidade: uma postura de pura sobrevivência, sem nenhum senso de missão ou compromisso históricos.

Pois bem, os que são contra a pena de morte, diria eu, estão profundamente arraigados nessa problemática nietzschiana do Último Homem. Em oposição a isso – e, até certo ponto, seguindo Agamben em seu *Homo Sacer** –, devemos formular uma pergunta simples: que tipo de biopolítica está implícito naqueles que se opõem à pena de morte? Creio que a resposta é exatamente essa

---

* G. Agamben, *Homo Sacer: O poder soberano e a vida nua* (Belo Horizonte, UFMG, 2002). (N. de T.)

biopolítica nietzschiana da sobrevivência e do Último Homem: a vida não tem um sentido último e a única meta é a felicidade pessoal. Portanto, essa problemática de um fim efetivo da história é acompanhada por certa suspensão da responsabilidade histórica. Por outro lado, o que também vem emergindo atualmente, com escritores como Badiou e outros, é um novo conjunto de elaborações (do qual também faço parte) que, dito em termos simples, poderia ser caracterizado como um paradigma pós-desconstrucionista.

Será que a perspectiva do Último Homem também é outra versão da promessa ideológica tradicional de superar o Real?
Acho que sim. Por exemplo, no mercado atual encontramos toda uma série de produtos despojados de suas propriedades maléficas: café descafeinado, leite sem gordura, cerveja sem álcool... E a lista continua: que tal o sexo virtual sem sexo; a doutrina de Colin Powell sobre a guerra sem baixas (do nosso lado, é claro) como uma guerra sem guerra; a redefinição contemporânea da política, enquanto arte da gestão especializada, como política sem política; até chegarmos ao multiculturalismo liberal e tolerante de hoje, como uma experiência do Outro privado de sua Alteridade (o Outro idealizado, que executa danças fascinantes e tem uma abordagem holística ecologicamente sensata da realidade, enquanto permanecem despercebidas algumas de suas características, como o espancamento das mulheres...)? A realidade virtual simplesmente generaliza esse processo de oferecer um produto despojado de sua substância, do núcleo duro e resistente do Real: assim como o café descafeinado tem o aroma e o sabor do café real, sem ser a coisa real, a realidade virtual é vivenciada como uma realidade sem ser real.

Não é essa a atitude do hedonístico Último Homem? Tudo é permitido, pode-se desfrutar de tudo, mas despojado da substância que o torna perigoso. (Essa é também a Revolução de Outubro do Último Homem – a "revolução sem revolução".) Será que isso não é uma das duas versões do lema lacaniano contra Dostoiévski, "Se Deus não existe, tudo é proibido"? São elas: 1) Deus está morto, vivemos num universo permissivo, você deve lutar pelos prazeres e pela felicidade – mas, para ter uma vida plena de felicidade e prazer, deve evitar os excessos perigosos, de modo que tudo é proibido, quando não despojado de sua substância. 2) Se Deus está morto, o supereu ordena que você goze, mas todo gozo determinado já é uma traição do gozo incondicional, logo, deve ser proibido. A versão nutricional disso consiste em desfrutar diretamente a Coisa em si: por que se incomodar com o café? Injete cafeína diretamente no sangue! Por que se incomodar com percepções e excitações sensuais vindas da realidade externa? Tome drogas que afetem diretamente seu cérebro! E, se Deus existe, tudo é permitido – aos que afirmam agir diretamente em nome d'Ele, como instrumentos de sua vontade; a ligação direta com Deus claramente justifica nossa violação de quaisquer restrições e considerações "meramente humanas" (como no stalinismo, no qual a referência ao grande Outro da Necessidade histórica justificou a implacabilidade absoluta).

Quando você se refere a um paradigma pós-desconstrucionista, isso implica uma rejeição ou um abandono da desconstrução como tal?

Não. Ele não consiste em nenhum tipo de retorno à metafísica. Endossa plenamente os resultados do desconstrucionismo; sua ênfase é na contingência. Para você ter uma idéia, pense no exemplo do retorno contemporâneo da religiosidade, que vem-se desenvolvendo dentro de uma perspectiva estritamente materialista.

Mas é crucial distinguir o sentido de religioso que eu endossaria – e que também pode ser encontrado na obra de Badiou, Agamben e outros – a partir da visão desconstrucionista levinasiana-derridiana tardia do retorno da religiosidade. No retorno do religioso levinasiano e desconstrucionista tardio, temos a idéia de uma Alteridade radical e o sentimento de uma receptividade e uma sensibilidade incondicionais a ela. Em contraste, o tipo de sensibilidade religiosa de que estou falando concerne muito mais à idéia de (e não devemos ter medo de usar o termo) um decisionismo heróico, no qual há uma ênfase acentuada em arriscar os resultados e assumir a responsabilidade por eles, em termos reais. Voltando ao exemplo da pena de morte, meu problema com os que se dizem contrários a ela é seu pressuposto implícito de que não há nada por que valha a pena morrer.

Seria essa uma sensibilidade religiosa sem a religiosidade tradicional, isto é, uma sensibilidade que se opõe a um compromisso infinito com Deus ou com o Outro, mas que, ao mesmo tempo, vê na vida algo mais do que a mera sobrevivência?

Nesse ponto, sou uma figura ética tradicional. Penso que existem coisas, como honra, vergonha, liberdade etc., pelas quais *vale* a pena morrer. A vida não é meramente vida. É sempre acompanhada por um certo excesso, por algo pelo qual a pessoa pode arriscar a própria vida. Por isso é que creio que, hoje mais do que nunca, convém reabilitar termos como "eternidade", "decisão", "coragem" e "heroísmo". Nessa matéria, concordo muito com Badiou. Deixe-me dizer-lhe que, numa de minhas conversas com Badiou, quando falávamos de nossas preferências pessoais, descobri com extrema surpresa e satisfação que ele gosta muito de filmes de faroeste norte-americanos. Ora, nunca se esperaria isso de Badiou – o Mallarmé moderno, francófilo, supostamente antiamericano etc. E, quando lhe perguntei por quê, ele me disse que era por ser esse o único gênero quê se concentra na coragem.

Pois bem, se quisermos tomar o filme paradigmático de hoje, diremos que é o filme de guerra. É, por exemplo, *O resgate do soldado Ryan*, de Spielberg, em que temos a representação de um horror interminável, um morticínio e uma violência sem sentido. A perspectiva de Spielberg também é a do Último Homem, ou seja, a guerra é simplesmente um pesadelo incompreensível, um desperdício ridículo de vidas humanas. Mas penso que o que não devemos perder de vista é que houve um heroísmo de propósitos de uma luta ética na Segunda Guerra Mundial e na invasão do Dia D, e que existem causas e ideais pelos quais vale a pena morrer. A propósito, isso também reflete a tendência esmagadora, no discurso ideológico de hoje, de atribuir ao âmbito do fanatismo irracional os que se dispõem a arriscar a vida em nome de uma causa ou objetivo.

Poderíamos dizer que a crise do gênero faroeste, a partir do fim da década de 1940, fez parte desse desvio ideológico – embora tenha havido, é claro, os chamados megafaroestes, que incorporaram outros gêneros. Mesmo assim, porém, em meados dos anos 1950, houve um breve renascimento dos filmes de faroeste. Esses já refletiam uma espécie de atitude saudosista melancólica, mas eram maravilhosos. O primeiro dessa série, que seria emblemático do faroeste de coragem citado por Badiou (embora não seja o melhor), foi, é claro, *Matar ou morrer*. Mas acho que há outros dois filmes de importância ainda mais crucial nessa série, e que são quase os meus faroestes mais queridos. Não são filmes de Anthony Mann, a quem se costuma fazer referência, mas de Delmer Daves: *Galante e sanguinário* e *A árvore dos enforcados*. Esses dois filmes concernem à provação ética, à coragem e ao risco:

em nome de que você arriscaria tudo? Esta é a preocupação central dos filmes de faroeste em geral: em que momento crucial o sujeito enche-se de coragem para arriscar a própria vida?

Portanto, penso que de modo algum se deve descartar o filme de faroeste como um tipo de fundamentalismo ideológico norte-americano. Ao contrário, acho que precisamos mais e mais dessa postura heróica. Nesse contexto, o que vem depois da desconstrução e da aceitação da contingência radical não deve ser um ceticismo irônico generalizado, no qual, toda vez que você se compromete com alguma coisa, deve estar ciente de que nunca se compromete plenamente; não, a meu ver, deveríamos reabilitar o senso de compromisso pleno e a coragem de correr riscos.

Você diria que o risco supremo da "sociedade de risco" é não assumirmos risco algum?

Com certeza. Desde o começo, acho que essa é a questão. Sim, "sociedade de risco" é uma espécie de nome equivocado. Não existem escolhas. E, quando há riscos, são riscos passivos. Para mim, esse é o paradoxo fundamental da sociedade de risco. Por exemplo, consideremos o colapso recente da Enron e da Worldcom. É injusto caracterizar esses acontecimentos apenas em termos de uma sociedade de risco, porque os empregados pobres que perderam seus empregos não se dispuseram a correr risco nenhum. Vivenciaram isso como um puro destino irracional. E, nesse ponto, acho que, quando os teóricos da sociedade de risco nos bombardeiam com idéias como a de que "hoje você é livre para escolher, para correr riscos", eles estão, até certo ponto, fazendo o antigo trabalho da ideologia, no sentido de interpretarem como nossas opções de risco aquilo que nos é imposto como um destino cego. Pensemos num pobre empregado de nível médio da Enron ou da Worldcom que tenha perdido seu emprego, todas as suas economias etc. Que escolhas fez essa pessoa? Ela teve alguma forma racional de determinar por que a Enron e/ou a Worldcom, e não outra grande empresa, haveria de falir? O risco, nesse caso, é todo objetivado como uma espécie de *fatum* anônimo. Sim, nesse sentido, eu concordaria inteiramente.

Conversa 4
Tolerância e o intolerável: gozo, ética e evento

GLYN DALY: *Uma categoria lacaniana central em seu trabalho é a da* jouissance, *ou gozo. O gozo é visto como algo a que se tem de renunciar, como condição de ingresso na ordem sociossimbólica, mas essa mesma ordem é sustentada por algumas fantasias que encenam a perda e a recuperação do gozo. Você pode falar um pouco disso?*

ŽIŽEK: Sim, temos que renunciar ao gozo para entrar na ordem simbólica, mas, por outro lado, o ponto crucial lacaniano é evitar a ilusão de estarmos renunciando a algo que possuíssemos antes. Esse é o paradoxo fundamental em Lacan: no próprio gesto de renúncia, criamos o espectro da morte que, supostamente, deveríamos perder. O segundo aspecto a respeito do gozo concerne à ligação entre a fantasia e ele. A fantasia, em última instância, é a fantasia sobre o pecado do gozo, porém num sentido duplo. A fantasia não só articula o pecado do gozo, mas também, como você indica muito bem em sua pergunta, encena a narrativa mítica de como o gozo se perdeu. Essa é a função mais importante da fantasia. Não é propriamente o "Ah, meu Deus, nós o temos" que concerne à fantasia, mas sim o modo como o gozo foi perdido, como foi roubado.

De olhos bem fechados, de Stanley Kubrick, é um filme interessantíssimo, que diz respeito justamente a idéias de gozo compartilhado, roubo do gozo e poder da fantasia. Muitos críticos o censuraram por sua esterilidade. Mas acho que, longe de ser uma falha do filme, a genialidade de Kubrick está em ele compreender a profunda esterilidade da fantasia. O que o filme mostra é que, em vez de penetrar num mundo de êxtases arrebatadores, quanto mais você se aprofunda nas fantasias, mais elas parecem ilusórias e vazias, até que, já no final do filme, temos a famosa orgia coletiva, que é completamente asséptica.

A diferença sexual também é crucial aí, porque as duas perspectivas exploradas por Kubrick não são simétricas. À primeira vista, temos um homem e uma mulher casados – Nicole Kidman e Tom Cruise –, em cada um dos quais explode a fantasia. E a idéia é que cada um vá até o fim, explorando as profundezas da fantasia. Mas, se você examinar de perto o que acontece, verá que é apenas no homem que isso explode. A fantasia autêntica – a fantasia que abriga um significado real – é a da mulher, e o que ele tenta desesperadamente fazer é ficar à altura de algo que estaria no nível da fantasia dela, ou ressuscitar isso. E acaba fracassando.

A interpretação costumeira do filme é que estamos diante de um casal pretensioso, que é seduzido pela fantasia e, pouco antes de se perder no abismo de um desejo que monopoliza tudo, controla-se e recua. Mas o que o filme realmente mostra, a meu ver, é uma travessia da fantasia, através da experiência de sua estupidez. Nesse sentido, a lição é muito mais deprimente. Não é que a fantasia seja um poderoso abismo de sedução que ameaça nos tragar, mas justamente o contrário: a fantasia, em última instância, é estéril.

E isso seria outro exemplo do Real da fantasia?

Há um aspecto do filme que penso ser crucial do ponto de vista lacaniano e que nos diz muito não apenas sobre a relação entre realidade e fantasia, mas também sobre a natureza do ato e o sentido em que um ato pode ser falso. Refiro-me, é claro, à última cena do filme, na qual, depois de os dois admitirem suas fantasias um para o outro, Nicole Kidman diz ao marido: "Agora temos de fazer uma coisa, o mais rápido possível"; ele pergunta o quê, e ela responde: "Devemos ir para a cama, trepar". Temos aí a lição da fantasia, pois o final simples seria os dois estarem fantasiando por não terem uma dose suficiente de vida sexual real de boa qualidade, e existe a idéia de que, quando não se tem isso na realidade, fantasia-se. A crença é, simplesmente, que, com um pouquinho de sexo de qualidade, é possível obter satisfação real; então, quem precisa fantasiar?

Mas penso que o ato sexual deles será uma fuga, um ato falso. A mensagem da mulher não é "Vamos ter relações reais, para não precisarmos mais fantasiar", e sim que a pessoa pode se perder na fantasia, que esta pode dominá-la, e que o ato sexual real é uma medida defensiva para controlar a explosão da fantasia. De certo modo, portanto, o Real, nesse caso, está na fantasia, e o sujeito foge para a realidade, a fim de controlar de algum modo esse excesso de fantasia. É um ato defensivo: você se volta para a realidade a fim de controlar, de sufocar a explosão fantasística.

Como se relaciona a fantasia com a dimensão de impossibilidade da relação sexual?

Para elaborar o papel da fantasia, o crucial é garantir a distinção elementar (que muitas vezes se perde) entre o objeto do desejo e o objeto-causa do desejo. O objeto do desejo é simplesmente o objeto desejado – digamos, em termos sexuais simples, a pessoa que eu desejo. O objeto-causa do desejo, por outro lado, é aquilo que me faz desejar essa pessoa. Em geral, nem sequer nos damos conta de qual é o objeto-causa do desejo – é necessária a psicanálise para descobrir, por exemplo, o que me faz desejar uma determinada mulher. Isso está nos moldes do que Freud já chamava de traço unário (*der einzige Zug, le trait unaire*), sobre o qual Lacan desenvolveu posteriormente toda uma teoria, ou seja, um traço que desencadeia meu desejo pelo outro.

E penso que é assim que devemos ler a afirmação lacaniana de que não existe relação sexual. Ela significa, precisamente, que nunca se trata apenas de alguém e seu parceiro. No centro de qualquer relação está o objeto-causa do desejo – elaborei isso em *Did somebody say totalitarianism?*. A lacuna entre o objeto do desejo e seu objeto-causa, portanto, é crucial, é um traço que desencadeia e sustenta meu desejo. Pode ser que eu não tenha consciência desse traço, mas o que acontece muitas vezes é que me dou conta dele, só que o percebo erroneamente como um obstáculo. Por exemplo, quando alguém está apaixonado por outra pessoa e diz: "Eu o/a acho realmente atraente, exceto por um detalhe – não sei, sua maneira de rir, um gesto que ele/ela faz –, isso me incomoda". Você pode ter certeza de que, longe de ser um obstáculo, trata-se, na verdade, da causa do desejo. O objeto-causa do desejo seria essa estranha imperfeição que perturba o equilíbrio; só que, se ela for retirada, o próprio objeto desejado não funcionará mais, ou seja, não mais será desejado. É um obstáculo paradoxal, que constitui aquilo em relação ao qual é um obstáculo. Também é nesses termos que podemos compreender a natureza da posição melancólica. O melancólico é alguém que tem o objeto do desejo, mas perdeu o desejo em si. Em outras palavras, perdeu aquilo que faz com que se deseje o objeto desejado.

Em sua obra, você tem frisado que as dimensões da fantasia e do gozo afetam não apenas a vida psíquica, porém, em termos mais gerais, também a vida cultural e política da sociedade. Como funcionam essas dimensões?

Quando falamos de fantasia e gozo, a primeira coisa elementar a esclarecer é que o gozo, em termos psicanalíticos, não é igual ao prazer. O gozo está além do princípio do prazer. Enquanto o prazer existe nos moldes do equilíbrio e da satisfação, o gozo é desestabilizador, traumático e excessivo – é o prazer freudiano com a dor, e assim por diante. Pois bem, o que me parece muito interessante é como esse nível de gozo excessivo atua numa multiplicidade de níveis da política – como procuro elaborar na maioria de meus livros. Por exemplo, em nossa época oficialmente tolerante, afirmo que o racismo cotidiano sobrevive precisamente nesse nível de ser perturbado pelo que é percebido, no plano da fantasia, como o gozo excessivo do outro. Em geral, o racista de hoje já não diz que os árabes, os turcos ou os hindus são simplesmente burros ou repulsivos. Não; diz que eles são perfeitamente normais, que gosta deles, que eles são seus amigos e por aí vai, *mas* que há uma coisa neles que o incomoda, um detalhe: seu cheiro, sua culinária, sua música. Ou pode até ser algo mais intelectual – a orientação lingüística, as atitudes culturais, a ética do trabalho. Trata-se de algum traço que é percebido como um excesso. E é por isso que acho muito difícil lutar contra o racismo no nível do cotidiano.

Mas, além disso, num plano mais geral, toda política depende de certo nível de economia do gozo, e até a manipula. Para mim, o exemplo mais claro de gozo é o discurso de Goebbels, de 1943 – o discurso sobre a chamada guerra total, a *Totalkrieg*. Após a derrota de Stalingrado, Goebbels fez em Berlim um discurso em cuja conclusão pleiteou a guerra total: vamos abolir os últimos remanescentes da vida normal e introduzir a mobilização total. E temos então a famosa cena em que ele dirigiu uma série de perguntas retóricas a uma multidão de 20 mil alemães e lhes perguntou se eles queriam trabalhar ainda mais, 16-18 horas por dia, se necessário, e o povo gritou "sim". Goebbels perguntou se eles queriam que todos os teatros e restaurantes caros fossem fechados, e o povo tornou a gritar "sim". Em seguida, após uma série de perguntas desse tipo, todas concernentes a renunciar ao prazer e suportar agruras ainda maiores, ele finalmente formulou uma pergunta quase kantiana – kantiana no sentido de evocar o sublime irrepresentável –, dizendo: "Vocês querem uma guerra total, uma guerra tão total que não possam nem mesmo imaginar, hoje, quão total ela será?". E um grito fanático, extasiado, ergueu-se da massa: "Sim! Sim! Sim!".

Penso que temos aí o gozo como categoria política em sua mais pura forma. Fica absolutamente claro, nem que seja pela simples expressão dramatizada no rosto das pessoas, que essa injunção, que exigia do povo a renúncia aos prazeres comuns, proporcionou um gozo próprio; isto é o gozo.

Mas, para enfatizar essa colocação, o gozo não é exclusivamente o produto perverso dos regimes autoritários...

É, muitas críticas-padrão marxistas e psicanalíticas do fascismo reconhecem que o totalitarismo depende de certa economia perversa do gozo. Só que não se pode meramente dizer que, se você obtiver uma satisfação direta simples, não precisará desses tipos perversos de gozo. O problema do gozo é que ele nunca funciona diretamente; é sempre perturbado. Nas sociedades permissivas de hoje, por exemplo, temos o paradoxo inverso. Ou seja, oficialmente, contamos com a sociedade permissiva, temos permissão de gozar, ou melhor, de ter prazer; temos permissão de organizar nossa vida em torno da maneira de obter a máxima satisfação possível, de realizar nosso eu, e assim por diante. Mas qual é o resultado fundamental? O resultado necessário e intrínseco é que, para realmente gozarmos a vida, temos de seguir um sem-número de normas e proibições: nada de assédio sexual, fumo, alimentos gordurosos, álcool, ovos, nada de situações estressantes etc. O paradoxo é que, se você postula o prazer diretamente como uma meta, é obrigado/a a se submeter a diversas condições – por exemplo, preparação física para se manter sexualmente atraente –, de modo que seu prazer imediato torna a se estragar.

O paradoxo central do gozo é que não se pode tê-lo diretamente como objetivo; ele é sempre um subproduto. Esse paradoxo é fácil de discernir em alguns melodramas inteligentes, que mostram que o verdadeiro amor nunca é apenas uma relação simétrica entre duas pessoas que só olham uma para a outra, concordando em tudo, e se esquecem do mundo. É o que Bertholt Brecht chamava de *das Lob der dritten Sache*, o louvor à coisa terceira. Para mim, isso é quase um lema pessoal. Para se ter uma relação amorosa feliz, é preciso que haja uma causa comum como terceiro. As duas pessoas não olham uma para a outra, concordando em tudo, mas olham ambas para a causa comum, e é assim que se pode ser feliz na relação interpessoal.

Esse foi o grande erro do movimento *hippie* da década de 1960 e da política de gozo que emergiu dele. Opondo-se à chamada repressão burguesa, eles almejaram diretamente o prazer sexual como categoria política. O que pretendiam dizer com isso era que, em oposição à renúncia patriarcal, era preciso aprender a viver, a desfrutar espontaneamente a sexualidade, a vida ou o que fosse, e isso nos tornaria menos agressivos, menos autoritários etc. Na verdade, o tiro saiu pela culatra. Fica muito claro – e digo isto como esquerdista e pela perspectiva de alguém que tem vários amigos que viveram numa dessas comunas antiautoritárias – que essa aparente abolição da autoridade gerou uma autoridade ainda mais sufocante: uma espécie de comunidade falsamente igualitária, na qual as proibições eram ainda mais radicais e intrusivas.

Você mencionou a idéia de uma causa comum nos relacionamentos, mas como funciona a economia do gozo em relação à questão do amor e da Alteridade?

Deixe-me abordar essa questão através de uma improvisação de Kierkegaard. Penso que Kierkegaard, há cento e cinqüenta anos, formulou a verdade do tipo de tolerância multiculturalista que domina a atitude social contemporânea, a saber, a idéia de que o que chamamos de tolerância é, de fato, a suprema forma de intolerância ao gozo do Outro. Em suas *Obras do amor*, Kierkegaard afirma, de maneira chocantemente explícita, que o semelhante supremo a quem o cristão deve amar é um semelhante morto, que o amor correto é o amor pelo semelhante morto. No amor pagão pré-cristão, ama-se o próximo por suas qualidades excelentes e destacadas. O poeta ama a dama por sua beleza, o discípulo ama o mestre por sua sabedoria etc. A questão é que há uma qualidade que se destaca: ama-se o amado por causa de sua qualidade *específica*. Mas Kierkegaard introduz então uma bela oposição entre duas modalidades de perfeição no amor: a perfeição do objeto amado e a perfeição do amor em si. E afirma que o amor pagão é o amor pelo objeto perfeito: o indivíduo é imperfeito e ama um outro por ele ser mais perfeito – a beleza perfeita, a sabedoria perfeita. Mas diz Kierkegaard que, nessas condições, esse tipo de amor é imperfeito, porque é contingente, porque depende das qualidades contingentes específicas do objeto. O único amor perfeito é o amor por um objeto imperfeito, por um objeto *qualquer*. E aí, é claro, o paradoxo está em que o único grande igualador, o único universal real, é a morte. Portanto, para amar verdadeiramente o próximo, é preciso esquecer todas as suas qualidades, tudo que faz dele um ser humano específico, o que significa que se deve tratá-lo como se ele já estivesse morto. E minha tese é que isso é algo que se aproxima muito da intolerância ao Outro, porque, basicamente, o que Kierkegaard diz é que devemos esquecer a idiossincrasia particular do gozo do Outro. Devemos abstraí-la; devemos amar o Outro como reduzido à universalidade vazia da morte. O que a morte representa aí é o apagamento do gozo, da substância do gozo. Trata-se apenas do Outro abstrato.

A propósito, penso que, nesse contexto, Kierkegaard teve razão em caracterizar Don Juan como um sedutor cristão. Don Juan seduzia todas. Não importava se eram velhas, jovens, belas, feias ou o que fosse. O que ele buscava era o Outro abstrato. Em outras palavras, ele amava uma mulher morta, não importava qual. E acho que essa é, efetivamente, a verdade da tolerância multiculturalista contemporânea: vivenciamos toda proximidade do gozo do Outro como uma "intolerância" violenta. Tolerância significa: deixe-me em paz, não quero ser incomodado demais por você.

Será que essa tentativa de abstrair o Outro – de impor a morte – é, ao mesmo tempo, uma tentativa de ocultar um horror mais profundo ao Outro?

Deixe-me contar-lhe uma coisa estranha, que me aconteceu recentemente em Los Angeles. Eu estava com uns amigos ouvindo uma mulher cantar um blues na televisão e comentei que, a julgar por sua voz, ela parecia uma negra afro-americana, embora seu nome fosse muito europeu. E fui ferozmente atacado, no mesmo instante, por ser politicamente incorreto. Disseram eles que era incorreto identificar as pessoas por suas características naturais, que isso era reducionista, e assim por diante. Perguntei-lhes se me seria permitido identificar as pessoas de alguma forma, e eles responderam que não. Portanto, o que temos é uma proibição completa de qualquer tipo particular de identificação, o que significa, precisamente, que o Outro deve ser entendido como uma abstração, como se já estivesse morto. Essa é a verdade da postura deles.

Então, repetindo, gosto desse salto rápido de Kierkegaard para a Califórnia, porque aí se pode ver que o que Kierkegaard descreve como uma espécie de loucura teológica é algo plenamente atuante na correção política de hoje e em sua lógica da tolerância, que é contrária à tolerância ao Outro e significa a mortificação do Outro – do Outro que não deve incomodar-nos. E penso que o horror ao assédio, que acompanha essa mortificação, faz parte de um movimento geral de hoje que, em termos psicanalíticos primitivos, poderia ser chamado de movimento para uma lógica do narcisismo patológico, na qual, mais uma vez, tem-se essa preocupação central com a maneira de evitar ser incomodado, de preservar uma distância adequada do Outro.

Pode-se presumir que a tentativa de nos isolarmos do Outro, num sentido total, também é autodestrutiva e cria suas próprias patologias, não é?

Um dos problemas políticos atuais, diria eu, é que essa lógica da evitação do assédio do outro traz conseqüências psíquicas catastróficas e está na raiz da experiência da perda de realidade, da des-realização. Acho que muitos fenômenos podem ser interpretados como tentativas desesperadas de recuperar um certo sentimento de contato com o Real. Por exemplo, um fenômeno típico de hoje é o da chamada "retalhadora" (especialmente nos Estados Unidos). Na maioria dos casos (mas não exclusivamente), trata-se de mulheres mais jovens que têm uma incrível compulsão a se cortarem – em geral, com giletes. Durante muito tempo, os psicólogos presumiram que isso fosse um fenômeno de tentativas frustradas de suicídio: a pessoa quer se matar, mas tem medo de ir até o fim. Agora, porém, está ficando cada vez mais claro que não se trata disso. O cortar-se funciona, ao contrário, como uma espécie de estratégia terrivelmente distorcida de recuperar o contato com o Real. Vez após outra, se você ler as entrevistas feitas com essas pobres mulheres, verá que a questão delas é: "Eu me sinto irreal. É como se não existisse. Sinto-me como se estivesse num estado puramente virtual. E, quando me corto, quando sinto o fluxo quente do sangue em minha pele, sinto que estou religada, que restabeleci o contato com a realidade".

E vejo nisso também, por exemplo, a importância de um filme como *Clube da luta*, de David Fincher – um de meus filmes favoritos nos últimos anos. O filme é a história de um homem totalmente alienado, insone, que está perdendo o contato com a realidade e tenta desesperadamente religar-se. Primeiro, com uma solidariedade do tipo "ama a teu próximo", ele visita vários grupos de apoio para pessoas que sofrem de doenças graves (o que é, basicamente, uma experiência sádica voyeurista). Por fim, envolve-se com um grupo de pessoas que se reúnem regularmente nos fins de semana e, pura e simplesmente, batem umas nas outras. E a idéia é que fazem isso de uma forma amistosa e amorosa, como uma válvula de escape saudável, como um modo de se religarem ao Real. Quanto às críticas que o filme recebeu, penso que é indicativo da hegemonia dessa ideologia narcisista da falsa tolerância que ele tenha sido predominantemente rejeitado, por sua pretensa celebração da criação protofascista de vínculos masculinos. E, nas situações em que ele foi aprovado, isso ocorreu em função de uma crítica a essa atitude.

Poucos viram no filme algo que creio que deveríamos ter a coragem de aceitar, a saber, a dimensão emancipatória desse auto-espancamento e o fato de que, de certo modo, precisamos correr riscos por meio desse tipo de violência. Quando vivemos num espaço virtual isolado, toda religação com o Real é, obviamente, algo dilacerante; é violenta. É por isso que, hoje em dia, a virtualização do ciberespaço é necessariamente complementada por formas diferentes de "retorno do Real" – desde atividades politicamente "retrógradas", como os novos racismos, até mutilações do corpo e coisas similares; esses dois conjuntos de fenômenos são estritamente correlatos.

Isso faz lembrar sua colocação anterior sobre a passagem ao ato como uma defesa contra o engolfamento pela introspecção fantasística – como um modo de escapar do Real. Mas aqui você parece sugerir que a passagem ao ato também pode ser mais ambígua.

Em De olhos bem fechados, a união sexual é exatamente uma passagem ao ato, para evitar o impasse simbólico. Uma das descobertas fundamentais da psicanálise é que não se pode simplesmente opor a fala aos atos – como em "mera conversa" e "atos autênticos". Existem atos que são falsos atos, nos quais se faz alguma coisa para evitar o confronto com uma entidade fantasística ou simbólica. Por exemplo, você fica hiperativo para evitar o confronto com uma verdade traumática, o que também acontece no fim de De olhos bem fechados. E penso que, nesse sentido, quando falamos de pulsão de morte, bombardeios suicidas etc., todos esses fenômenos podem ser explicados justamente pela oposição entre passagem ao ato e ato autêntico. A passagem ao ato é falsa, no sentido de ser praticada para evitar um impasse simbólico. Em vez de enfrentar o impasse, o sujeito passa ao ato. O suicídio é um exemplo dessa falsa passagem ao ato. O impasse simbólico torna-se tão insuportável que só pelo simples suicídio a pessoa consegue resolvê-lo.

Por outro lado, temos também o ato como intervenção efetiva, que não é esse tipo de fuga. Mas, voltando a *Clube da luta*, eu enfatizaria que, no entanto, essas duas dimensões – a passagem ao ato violenta e o ato propriamente dito – nem sempre podem ser claramente distinguidas. Às vezes, quando se está em certo impasse simbólico ideológico, é preciso explodir numa violenta passagem ao ato, e, depois, numa segunda ocasião, isso dá acesso a certa perspectiva emancipatória de praticar o ato propriamente dito.

Minha tese é que isso é aplicável a algumas situações ideológicas em que há um dilema, em que o sistema nos dá um tipo de mensagem no nível público, mas, ao mesmo tempo, num nível implícito mais profundo, transmite uma mensagem inteiramente diferente. Retomemos o discurso atual sobre a tolerância. Em certo nível, esse discurso prega a tolerância universal, mas, se você examinar mais de perto, verá que há um conjunto de condições ocultas, que revela que o indivíduo só é tolerado na medida em que se assemelhe a todos os outros – o discurso determina o que deve ser tolerado. Portanto, na realidade, a cultura atual da tolerância subsiste por meio de uma intolerância radical a qualquer Alteridade verdadeira, a qualquer ameaça real às convenções existentes.

Creio que a única maneira de um povo ou um indivíduo oprimido reagir inicialmente a essa situação é mediante algum tipo de explosão irracional violenta, que simplesmente lhe permita tomar certa distância. Nesse sentido, creio que deveríamos retornar à problemática de Franz Fanon – hoje muito negligenciada pela maioria dos teóricos pós-modernos – e à questão de saber em que nível é necessário algum tipo de violência. Não me refiro a legitimar gangues de rua nem a violência contra terceiros. O que mais precisamos é de uma certa violência contra nós mesmos. Para romper uma situação de dilema ideológico, você precisa de uma espécie de explosão violenta. Trata-se de algo despedaçador. Mesmo que não seja uma violência física, é uma extrema violência simbólica, e temos de aceitá-la. Nesse nível, creio que, para realmente modificar a sociedade vigente, a mudança não se produzirá nos termos dessa tolerância liberal. Explodirá como uma experiência mais despedaçadora. E é disto, creio, que necessitamos hoje em dia: dessa consciência de que as verdadeiras mudanças são dolorosas.

E quem sabe também não poderíamos falar, aqui, da violência da própria política?

Se definirmos a violência política, seguindo Fanon, não como oposta ao trabalho, mas justamente como a suprema versão política do "trabalho do negativo", do processo hegeliano da *Bildung*, da auto-estruturação educacional, a violência deverá ser primordialmente concebida como violência contra si mesmo, como uma reforma violenta da própria substância do ser do sujeito – é nisso que reside a lição de *Clube da luta*.

Em muitas pequenas cidades norte-americanas em que há uma grande população de trabalhadores desempregados, tem surgido, nos últimos tempos, uma coisa parecida com "clubes de luta": são "brigas de valentões" em que apenas amadores, homens e mulheres, travam violentas lutas de boxe, ficando com o rosto ensangüentado e testando seus limites. A idéia não é vencer (não raro, os derrotados são mais populares do que os vencedores), mas persistir, continuar de pé, não se prostrar no chão. Embora essas lutas estejam sob o signo do "Deus abençoe a América" e sejam percebidas pelos próprios participantes (em sua maioria) como parte da "guerra ao terrorismo", não se deve descartá-las como uma tendência "protofascista" de caipiras: elas fazem parte do impulso disciplinar potencialmente redentor.

Supostamente, o multiculturalismo contemporâneo baseia-se numa idéia universal de respeito ao Outro, à diferença etc. Mas você insiste em que, em última análise, há algo de falso nesse discurso. Poderia falar mais disso?

Um dos melhores exemplos da falsidade da atual tolerância multiculturalista é o McDonald's. Pouco tempo atrás, houve na Índia um grande movimento, quase popular, que se mobilizou contra o preparo dos alimentos feito no McDonald's. A empresa estava importando batatas fritas da Europa, onde elas eram inicialmente preparadas com gordura proveniente de carne bovina. Logo, isso levantou todo o problema religioso das vacas sagradas etc. O McDonald's reconheceu a queixa e garantiu que deixaria de usar gordura bovina.

Pois bem, alguns de meus amigos multiculturalistas saudaram isso como uma espécie de vitória política, dentro do espírito de uma tolerância maior, de consideração pelas diferenças culturais, de respeito à Alteridade, e por aí vai. Mas eu tenho problemas com isso. Está certo, é bom que tenha acontecido, é claro, mas, para começar, creio que não se trata, decididamente, de uma vitória contra a globalização em favor da autonomia cultural. Acho que a globalização se reproduz precisamente por levar em conta identidades culturais específicas. Teremos uma idéia toda errada da globalização, se acharmos que ela significa que todos comerão apenas os lanches do McDonald's ou o *fast-food* norte-americano. Não, a globalização significa exatamente o que já temos em nossas grandes cidades, sejam elas chinesas, indianas, tailandesas, italianas ou lá o que for. Portanto, a globalização já tem uma forma testada de identidades nacionais diferentes. Esse é meu primeiro ponto.

Segundo ponto: perguntei a meus amigos que defendiam essa medida, dizendo que era bom o McDonald's ter de respeitar as tradições locais: mas, esperem um pouco, o que me dizem do simples fato, que talvez soe terrível, de não ser verdade que as vacas sejam realmente sagradas e de, dito em termos muito vulgares, isso não passar de uma crença religiosa estúpida? Aí, eles me perguntaram: será que você não está apenas impondo a idéia ocidental objetiva de verdade? É nesse ponto que começam os problemas para mim. Não estou fetichizando a objetividade ocidental, só estou dizendo que não devemos aceitar esse tipo de respeito pela fantasia ideológico-religiosa do Outro como o horizonte supremo da ética. O horizonte supremo da ética é não respeitar as ilusões do Outro, pelo menos por duas razões. Primeiro, acho que há algo de falso e condescendente nesse tipo de respeito. A lógica tende a ser: ou vamos demonstrar um respeito formal, num sentido não substantivo e vazio, ou então, como acontece quando as crianças têm determinada idéia, diremos que sabemos que ela é absurda, mas, para não magoá-las, vamos respeitá-la. A questão é que não a levamos a sério. Uma coisa é pedir que o McDonald's respeite os costumes locais, mas outra, muito diferente, é assumirmos um compromisso com os hindus contra o modelo econômico que o McDonald's representa. Simplesmente não consigo aceitar que esses dois níveis tenham o mesmo valor. Creio que esse nível de respeito pelas crenças religiosas do Outro é relativamente superficial. O problema fundamental não são os tipos de gordura, mas o modelo econômico de globalização que vem acabando com os recursos nacionais e destruindo tradições de agricultura e autogestão. Se quisermos combater empresas como o McDonald's, a estratégia correta de ataque não será essa de respeitar as fantasias do Outro.

A segunda razão é que, se partirmos da postura de respeito pela identificação religiosa apaixonada do Outro, ficaremos enredados num complexo ideológico que nos obrigará a respeitar não só o caráter sagrado das vacas, mas também idéias e rituais muito mais desagradáveis: por exemplo, o ritual de pôr fogo na mulher depois que o marido morre, praticado em algumas partes da Índia. Assim, perguntemos às mesmas pessoas que exigem respeito por produtos livres de gordura bovina se elas também querem que respeitemos a prática de incendiar as esposas. É claro que elas diriam que não. E essa é a mentira de sua postura. Nós, do Ocidente – ou seja, nós, os liberais ocidentais –, já presumimos a autoridade do juízo neutro, mas não aceitamos o Outro como tal. Introduzimos implicitamente um certo limite. Cotejamos o Outro com nossas idéias de direitos humanos, dignidade e igualdade entre os sexos, e então, para usar uma formulação ligeiramente cínica, dizemos aceitar os costumes dele que forem aprovados nesse teste. Filtramos o Outro, e o que passa pelo filtro é aceito. Mas o que se aceita é esse aspecto superficial, relativamente insignificante, que não incomoda ninguém. No fim, o que temos é um Outro censurado. O Outro é aceito, mas somente na medida em que for aprovado por nossos padrões. Mais uma vez, portanto, essa lógica do respeito ao Outro não pode ser o horizonte supremo de nosso compromisso ético.

A questão da ética na psicanálise está especialmente ligada à crítica da lei moral e de sua dimensão superegóica obscena de gozo. Nesse aspecto, estabelece-se uma relação direta entre Kant, aparentemente repressor, e o licencioso marquês de Sade. Como é compreendida essa relação?

Não se sabe ao certo se Lacan tinha conhecimento da *Dialética do esclarecimento*, de Adorno e Horkheimer, na qual eles elaboraram a idéia de uma ligação íntima entre a ética kantiana e o universo do marquês de Sade, bem antes de Lacan. Mas, quando Lacan desenvolve suas teorias, não creio que Kant *versus* Sade seja simplesmente a lei moral simbólica *versus* o supereu. Não se trata apenas de Sade ser a verdade de Kant. Penso que a relação é muito mais complexa.

Talvez a melhor maneira de apreender a ligação entre os dois seja, primeiro, examinar o que há de tão radicalmente novo na ética kantiana. Ou seja, a ética da autonomia do sujeito: o ato moral tem que ser praticado apenas em nome dela. Que significa isso? Como todos sabem, significa romper de forma radical com a ética do Deus supremo e da Grande Cadeia do Ser. O ato ético não está organicamente embutido na estrutura do universo – ao contrário, assinala uma ruptura, um rompimento da rede ou da estrutura causal do universo. A liberdade é essa ruptura – algo que começa a partir de si mesmo.

Logo, nesse sentido, a lei moral não pode ser deduzida de nenhuma consideração utilitarista ou propensão natural. Do ponto de vista das propensões naturais, a lei moral é idiossincrática – um capricho, uma coisa que não pode alicerçar-se em fundamentos lógicos, mas revela, ao contrário, um certo abismo. E exatamente o mesmo se aplica ao marquês de Sade. Para Sade, a liberdade radical de gozar envolve o mesmo tipo de capricho absoluto. Assim, embora os dois sejam obviamente opostos – em

Kant, trata-se de lutar contra a própria propensão natural para o prazer, seguindo apenas a norma ética, enquanto, em Sade, trata-se do gozo absoluto incondicional –, o que eles têm em comum é o caráter incondicional do ato.

Para Sade, o ato supremo de gozo não é o simples vivenciar ou realizar plenamente as propensões da personalidade natural, de modo totalmente irrestrito, entregando-se aos apetites de poder, sexo, prazer e assim por diante. A idéia, antes, é gozar de modo absoluto, seguir o capricho absoluto. Logo, não é uma simples questão de realizar os prazeres padronizados, mas de *romper* com eles, de desafiá-los com base no capricho como tal. Portanto, o que Kant e Sade têm em comum é o aspecto da ruptura, do rompimento com qualquer ordem natural.

Isso quer dizer que Sade pode ser entendido, ou talvez até deva ser entendido, como uma figura ética?

A idéia de Lacan é que, por um lado, o gozo excessivo de Sade funciona como o avesso da revolução ética de Kant, mas, por outro, nem Kant nem Sade estão no campo da lei moral padrão e, nessas condições, permitem novas aberturas éticas. O próprio espaço para o gozo excessivo de Sade é aberto justamente pela autonomia radical de Kant. O capricho supremo, para o gozo, só é alcançado na medida em que consegue adquirir esse *status* kantiano de autonomia.

Em Sade, temos basicamente dois níveis de prazer. Num primeiro movimento, Sade se opõe à teologia/moral, como uma espécie de força opressora que impede nossa verdadeira natureza de se expressar. Nesse aspecto, ele parece falar a linguagem do materialismo oitocentista – dê vazão a sua natureza etc. Mas isso não é tudo. Se fosse, Sade não passaria de um materialista ingênuo, que prega a afirmação de nossa verdadeira natureza e diz que encontramos prazer não apenas no amor e no viver bem, mas também na inflicção de dor aos outros. Sade exibe o que tem de mais radical, e atinge o nível de Kant, ao se conscientizar de que não são apenas a religião e a moral que oprimem nossa natureza, mas de que a própria natureza é também uma espécie de limitação preestabelecida de nossa liberdade, de que nossa natureza, ela mesma, é algo opressivo. Isso leva à idéia sádica do crime absoluto, do rompimento com a própria ordem natural – o que é exatamente o ato ético de Kant.

Nesse sentido, Kant e Sade foram além dessa estrutura direta da moral e de seu avesso superegóico. O que Kant e Sade representam são dois extremos, duas opções de como não condescender, de como não ceder ao desejo. Sade não pode ser reduzido à dimensão do supereu, exatamente porque este emerge quando, em nome de um bem, compromete-se o desejo.

É por isso, podemos presumir, que você discorda das perspectivas que tentam explicar os holocaustos do mundo moderno em termos de uma lógica sádica.

Sempre me opus radicalmente às leituras que interpretam o holocausto e outros horrores similares como uma realização da idéia kantiana do mal radical e/ou da lógica sádica. Isso me parece problemático. Não creio que haja nenhum tipo de continuidade entre Sade e o holocausto, porque o universo de Sade é o universo da autonomia radical: é puro capricho, sem qualquer norma moral positiva. O problema básico de Sade é o problema ético, no sentido de haver uma injunção absoluta de que afirmemos nossa autonomia.

E não é esse, de modo algum, o caso do nazismo. Ao contrário, o nazismo é a perversão máxima da lógica do bem supremo. O nazismo não tem a ver com a afirmação idiossincrática extrema da autonomia. Ele significa que tudo, até os piores crimes, deve ser feito pelo bem da nação. Postular como bem supremo uma entidade como a nação é exatamente o oposto da ética sadiana. A lógica do holocausto inscreve-se, antes, na tensão entre lei, lei moral e seu supereu obsceno por baixo.

Mais especificamente, isso também parece estar na raiz da crítica que você faz a Hannah Arendt e sua caracterização do holocausto em termos de uma banalidade do mal. Qual é sua objeção à caracterização dela?

O resultado positivo da tese da banalidade do mal exposta por Arendt é que ela exclui o oposto, ou seja, a idéia do tipo heróico ou byroniano do mal sublime. Os nazistas não eram esse tipo de heróicos heróis cinematográficos do mal. Não que o mal nazista fosse algo banal, mas os executores desse mal eram pessoas banais comuns. A banalidade do mal não significa que o mal fosse apenas uma banalidade. Significa que as pessoas que praticaram esses atos pavorosos não estavam, para dizê-lo dessa maneira, à altura de seu ato. Eram simplesmente comuns. Portanto, uma conseqüência importante é que o mal, de certo modo, foi objetivado. Não se chega à dimensão do mal nazista fazendo algum tipo de análise psicológica ou buscando algum tipo de monstro inato. Ele foi o mal objetivado anônimo. E nisso está seu horror. Esse é o aspecto positivo da tese de Arendt.

Onde Arendt me parece problemática é em sua idéia de que isso foi um puro mal burocrático: a idéia de que os indivíduos se portaram como burocratas anônimos – apanhados numa máquina, cumprindo seu dever etc. O vínculo implícito entre a ética kantiana do dever incondicional e os executores nazistas é totalmente falso. O dever kantiano não significa que eu o cumpra porque ele é uma ordem, não significa que eu siga ordens, sejam elas quais forem. Não é esse o sentido do dever incondicional. A idéia kantiana é, antes, que somos incondicionalmente *responsáveis* pelo que é nosso dever. O sujeito autônomo kantiano *não pode*, justamente, dizer que esse dever é uma simples ordem, que é uma injunção baseada no medo, ou que é bom para o país. A postura kantiana é que somos plenamente responsáveis.

Mas minha objeção principal a Arendt concerne à tensão entre a lei e seu fundo obsceno, que está inscrita na própria estrutura do mal nazista. Não que pessoas como Eichmann fossem simples funcionários no cumprimento de seu dever; eram funcionários de um modo perverso. Por exemplo, quando os pervertidos praticam um jogo sexual, seu prazer é aumentado pela transformação do sexo numa espécie de ritual quase burocrático – planejado de antemão, com códigos próprios e assim por diante. O prazer provém da tensão entre a atividade instrumental puramente performativa e a maneira obscena secreta pela qual ela é desfrutada. Penso que isso é crucial para compreender o funcionamento do mal nazista. Todas as burocracias e rituais requintados do poder faziam parte dessa economia obscena do gozo. Os nazistas, nesse sentido, desempenhavam papéis burocráticos para aumentar seu prazer. Secretamente, sabiam que os rituais do dever eram um faz-de-conta para disfarçar o gozo derivado do fazer algo medonho – e até os sentimentos de culpa assim gerados serviam para aumentar seu prazer. Portanto, era uma espécie de jogo pervertido.

E, presumivelmente, esse jogo pervertido não é exclusivo do nazismo, mas é também algo que você vê praticado em nossas ideologias contemporâneas, certo?

O que me interessa em todos os níveis da estrutura social, e especialmente no nível da análise das ideologias e da normatividade social, é o funcionamento do que costumo designar como fundo complementar obsceno da lei. Se tomarmos qualquer estrutura normativa, veremos que, para se sustentar, essa estrutura tem que se pautar por regras não escritas que devem permanecer silenciadas; tais regras sempre têm uma dimensão obscena. Meu exemplo-padrão é o da comunidade militar, na qual, em certo nível, existe um conjunto de regras explícitas (hierarquia, formas de procedimento, disciplina etc.), mas, para que essas regras explícitas funcionem, elas precisam de um complemento obsceno, ou seja, de todas as regras obscenas não escritas que sustentam uma comunidade militar – as piadas sexistas sujas, os rituais sádicos, os ritos de passagem e assim por diante. Qualquer um que tenha feito o serviço militar sabe que toda a disciplina militar é sustentada, em última instância, por esse fundo obsceno. E penso que é crucial nos concentrarmos nessa relação ao analisarmos o funcionamento atual da ideologia.

Essa dimensão obscena também parece funcionar de maneiras muito sutis na ideologia. Estou pensando nas novas formas de racismo europeu e, em particular, nos recentes acontecimentos políticos da França.

Alain Badiou, em sua análise de como Le Pen chegou ao segundo turno nas eleições presidenciais francesas de 2002, deixa claro o que estava realmente em jogo no sentimento disseminado de "medo" e "vergonha", ou até de pânico, que o sucesso de Le Pen no primeiro turno gerou entre muitos esquerdistas democráticos. A causa do pânico não foi propriamente a percentagem alcançada por Le Pen, mas o fato de ele haver terminado em segundo lugar entre os candidatos, no lugar de Jospin, que era o candidato "lógico" a essa colocação. O pânico foi desencadeado pelo fato de que, no imaginário democrático dos Estados pluripartidários em que o campo político é bipolar, com dois grandes partidos ou blocos alternando-se no poder, o segundo lugar assinala, simbolicamente, a elegibilidade de um candidato: "Le Pen terminou em segundo" significou que ele fora considerado elegível, um candidato viável ao poder. É isso que perturba o pacto silencioso das democracias liberais de hoje, que concedem liberdade política a todos – sob a condição de que um conjunto de regras implícitas limite claramente o alcance dos que podem efetivamente ser eleitos.

Então, será que o que tornou Le Pen impróprio para se eleger foi simplesmente o fato de ele ser heterogêneo à ordem liberal-democrata, um corpo estranho dentro dela? Há mais do que isso: o azar (e o papel) de Le Pen foi introduzir alguns temas (a ameaça estrangeira, a necessidade de restringir a imigração etc.) que, em seguida, foram silenciosamente retomados não só pelos partidos conservadores, mas até pela política efetiva dos governos "socialistas". Atualmente, a necessidade de "regularizar" a situação dos imigrantes etc. faz parte do consenso da corrente central: segundo consta, Le Pen realmente abordou e explorou problemas reais, que incomodam as pessoas. A "vergonha" a respeito dele, portanto, foi a vergonha despertada quando se arrancam as máscaras hipócritas e nos vemos muito diretamente confrontados com nossa verdadeira postura.

Por outro lado, há quem diga, como Baudrillard e até Butler, que esse tipo de distinção explícita/obscena vem desaparecendo sistematicamente da cultura contemporânea. Como você responderia a isso?

De especial interesse é a questão de ainda termos, na chamada era pós-ideológica de hoje, essa lógica do fundo obsceno. Porque a idéia atual é que as perversões são públicas – você tem o exibicionismo da Internet, programas de televisão como *Big*

Brother, programas confessionais de entrevistas etc. Que significa isso? Será que ainda temos essa lógica? Acho que sim. Acho que só os termos é que estão mudando, mas ainda temos essa tensão.

Por exemplo, tomando a lógica oficial atual da tolerância multiculturalista, podemos ver que também ela tende a ser sustentada por formas obscenas de gozo racista. Uma dimensão da obscenidade que sempre me choca é ver como, no nível da economia libidinal, há uma certa maneira de as pessoas poderem pregar a tolerância e o anti-racismo, porém de tal modo que continuem racistas em segundo grau. Tenho até experiências pessoais disso. Quando as pessoas dos países ocidentais se professaram chocadas com o expurgo étnico, a intolerância, a violência etc. dos Bálcãs, ficou claro que, de modo geral, seu próprio repúdio foi formulado de maneira a lhes trazer, na verdade, certo prazer racista. Às vezes, isso chega até a aparecer às claras. Por exemplo, quando eu, que sou uma pessoa relativamente de mau gosto, faço uma piada ou um comentário vulgar, considerados inaceitáveis, é incrível a freqüência com que as pessoas que se dizem ultratolerantes e multiculturalistas reagem em termos de "pode ser que seja assim nos seus Bálcãs primitivos, mas, desculpe, aqui nós somos tolerantes". A própria identificação que elas fazem de mim dessa maneira gera um gozo obsceno específico.

Creio que, em nossas sociedades liberais multiculturalistas, essa lógica do gozo suplementar obsceno é mais crucial do que nunca. Em vez de fazer uma simples análise social de como isso alimenta o capitalismo global, a crítica da versão liberal do multiculturalismo precisa enfocar uma tensão intrínseca: a de que, para funcionar, o multiculturalismo envolve sua própria obscenidade secreta. Dentro dessa linha, convém enfatizar a natureza ambígua ("irresolúvel", para usar o termo em voga) do feminismo contemporâneo nos países desenvolvidos do Ocidente.

A forma predominante do feminismo norte-americano (com seu toque legalista, à moda de Catherine MacKinnon), por exemplo, é, em última instância, um movimento ideológico profundamente reacionário. Está sempre pronto a legitimar intervenções militares dos Estados Unidos nos interesses feministas, e não se abstém de tecer comentários condescendentes e desdenhosos sobre as populações do Terceiro Mundo – desde sua obsessão hipócrita com a clitorectomia até os comentários racistas de MacKinnon, de que a limpeza étnica e o estupro estão nos genes dos sérvios.

E, em contraste, você diria que, com a ética kantiano-sadiana torna-se possível nos livrarmos dessa tensão intrínseca entre a lei e o gozo do supereu?

Quando temos uma referência lacaniana a Kant com Sade, a idéia habitual é que Sade é a verdade de Kant, no sentido de que Kant desenvolveu uma ética pura do dever, e Sade torna visível a verdade sádica que existe nela. Assim, quando você pensa estar cumprindo seu dever em nome do dever, sabemos que o faz, secretamente, por algum gozo perverso privado. A essência desinteressada da lei é uma farsa, uma vez que há patologias privadas por trás dela. O exemplo proverbial é o do professor que aterroriza seus alunos por meio de um sentimento de dever, para o bem deles, mas que se compraz secretamente em aterrorizá-los.

Mas acho que nunca será demais enfatizar que, quando Lacan formula a tese de Kant com Sade, não se trata de a verdade de Kant ser uma atitude sádica. Não é que, por trás do aparente dever desinteressado, devamos buscar um prazer patológico secreto. É o contrário. A tese não é que Kant fosse um sádico secreto, mas que, para compreender a injunção sadiana de gozar incondicionalmente, é preciso conceber Sade como kantiano.

Foi essa a percepção fundamental de Lacan: que Sade era kantiano. No que ela tem de mais radical, a única maneira de conceber a ordem sadiana de gozar é interpretá-la como um imperativo categórico kantiano: como algo que você segue, mas não por qualquer consideração patológica por seus prazeres.

Esse campo de autonomia radical é precisamente o que fica fora do par lei/supereu obsceno. A grande oposição, para Lacan – e a suprema oposição ética –, é entre essa afirmação radical de autonomia e a heteronomia kantiana, uma heteronomia que significa que a ética se alicerça num bem supremo e que o preço pago por ela é a dimensão obscena do supereu. Tanto para Kant quanto para Sade, o grande problema é o da autonomia e da liberdade humanas, no sentido estrito, mais uma vez, da capacidade de romper as limitações da própria natureza. É a afirmação da subjetividade pura como o vazio capaz de reduzir as limitações, as restrições da natureza.

Apesar dessa tradição, você sustenta que as sociedades atuais (ocidentais) orientam-se, em geral, para uma ética utilitarista. Essa forma de ética não só leva a uma direção diferente da seguida pela ética kantiano-sadiana, como tem também propensões totalitárias. Pode comentar mais sobre isso?

O verdadeiro oposto de Sade e Kant é uma ética utilitarista – toda a linha que vai de Bentham a Peter Singer –, justamente porque a ética utilitarista é a ética da não-autonomia. A posição pública da ética utilitarista é que todo indivíduo tem direito a seus próprios prazeres, ou tem uma inclinação natural a buscá-los. E isso soa bem: por que não teria eu o direito de maximizar os prazeres e de não ser aterrorizado por nenhuma injunção moral abstrata? Mas há um lado oculto na ética utilitarista.

Sua verdadeira aposta é que não somos autônomos: tentamos maximizar nosso prazer, e esse é um mecanismo que determina nosso comportamento. Assim, na ética utilitarista, sempre houve esse aspecto totalitário e/ou de engenharia social. A idéia do sujeito utilitário nunca foi simplesmente uma postura cognitiva neutra. Para Bentham, a preocupação central é saber como o governante sábio deve levar em conta aquilo que move as pessoas, a fim de organizar uma sociedade em que elas sejam condicionadas a agir de tal modo que seus atos tragam o máximo benefício possível, não só para elas, mas para a sociedade. A idéia é que, se eu souber o que move você, se conhecer as causas determinantes do seu modo de agir, poderei manipulá-la de acordo com essas causas; poderei dominar você. Portanto, repetindo, o que temos é uma oposição radical entre o utilitarismo como ética da não-autonomia e a autonomia.

Será que não há nisso uma certa ironia, na medida em que, à primeira vista, a cultura liberal de hoje parece erigir-se em torno da idéia da autonomia individual, quando, na realidade, a ênfase parece recair cada vez mais no Outro como responsável pelo que acontece com os indivíduos?

Um dos grandes *topoi* da crítica "desconstrucionista" da ideologia é que a idéia do sujeito autônomo, livre e responsável é uma ficção jurídica, cuja função é construir um agente a quem possa ser atribuída a responsabilidade pelos atos socialmente inaceitáveis, com isso obscurecendo a necessidade de uma análise mais rigorosa das circunstâncias sociais concretas que dão origem a fenômenos percebidos como deploráveis. Quando um afro-americano desempregado, que sofreu uma série de humilhações e fracassos, furta para alimentar a família, ou explode numa violência incontrolável, não será um cinismo evocar sua responsabilidade como agente moral autônomo? No entanto, a velha regra concernente à ideologia também se aplica aí: a inversão simétrica de uma proposição ideológica é igualmente ideológica – por acaso não lidamos, hoje em dia, com a tendência inversa, de pôr a culpa (e, portanto, a responsabilidade legal) em agentes externos?

Recentemente, um homem processou os gigantes das cadeias de *fast-food* dos Estados Unidos porque a comida vendida por eles "tornou-o obeso". A mensagem subjacente dessa queixa é clara: não tenho nada com isso, não sou eu, sou apenas uma vítima passiva das circunstâncias, a responsabilidade não é minha – e, já que não é minha, tem que haver um outro que seja legalmente responsável por minha desgraça. Isso também é o que há de errado na chamada Síndrome da Lembrança Falsa: o esforço compulsivo de fundamentar os distúrbios psíquicos atuais em alguma experiência real de abuso sexual no passado. Mais uma vez, o que realmente está em jogo nessa operação é a recusa do sujeito a aceitar a responsabilidade por seus investimentos sexuais: se a causa de meus distúrbios é a experiência traumática de assédio, então, meu investimento fantasístico em meu imbróglio sexual é secundário e, em última instância, irrelevante.

A pergunta, aqui, é: até onde é possível avançar nesse caminho? Até muito longe, de acordo com o noticiário recente. Não é significativo que, quando se menciona o holocausto nos meios de comunicação, em geral a notícia diga respeito a uma indenização financeira, ao valor que as vítimas ou seus descendentes devem receber dos sucessores legais dos criminosos? E, visto que os judeus são o grupo injustiçado por excelência, não é de admirar que outros grupos injustiçados estejam fazendo reivindicações similares. Veja a seguinte notícia da American Press, datada de 17 de agosto de 2002: "*Comício em prol de reparações aos escravos* – Centenas de negros reuniram-se em frente ao Capitólio, no sábado, para exigir reparações pela escravatura, dizendo que o ressarcimento pelos males causados por essa instituição é uma dívida de longa data. 'A América parece dever muito aos negros, por tudo que suportamos', disse à multidão Louis Farakhan, diretor da [organização] Nação do Islã. 'Não podemos aceitar uma ninharia simbólica. Precisamos de milhões de acres de terra onde os negros possam trabalhar. Não estamos pedindo esmolas aos brancos, mas apenas exigindo o que é justificadamente nosso'".

E não seria perfeitamente lógico imaginarmos, nessa mesma linha, o fim da luta de classes? Depois de longas e árduas negociações, representantes da classe trabalhadora e do capital global chegariam a um acordo sobre quanto a classe trabalhadora deve receber, a título de compensação pela mais-valia apropriada pelos capitalistas ao longo da história. Assim, se tudo parece ter um preço, por que não haveríamos de ir até o fim e exigir do próprio Deus um pagamento, por Ele ter feito um trabalho atamancado de criação e, com isso, causado nosso sofrimento? E se, quem sabe, Ele já tiver pago esse preço, ao sacrificar seu único filho, Cristo? Essa *reductio ad absurdum* também deixa claro o que há de fundamentalmente errado nessa lógica: ela não é radical demais, porém não radical o bastante. A verdadeira tarefa não é obter uma compensação dos responsáveis, mas privá-los da posição que os torna responsáveis. Em vez de pedir uma compensação a Deus (ou à classe dominante, ou a quem quer que seja), deveríamos perguntar: será que realmente precisamos de Deus?

E, em oposição à ética utilitarista antiautonomia, sua tese é que a psicanálise está do lado da ética kantiano-sadiana?

É. Por mais paradoxal que pareça, a psicanálise também opta pela autonomia. O nome psicanalítico dessa autonomia é pulsão de morte. A pulsão de morte não é algo manipulado pelas circunstâncias. É apenas um impulso não funcional de nossa libido, ou vontade, que não pode ser explicado em termos objetivos. Significa que há nos seres humanos um aspecto do comportamento que persiste para além de qualquer atividade instrumental que vise atingir certos objetivos (prazer, reprodução, riqueza, poder). Ela é uma espécie de impulso de auto-sabotagem. Em contraste com a inscrição costumeira da psicanálise no arcabouço determinista naturalista, em que o ser humano é controlado por desejos inconscientes, penso que, paradoxalmente, a psicanálise é a mais vigorosa afirmação de autonomia. Pulsão de morte é o nome da autonomia.

A lógica da autonomia admite possibilidades mais amplas no tocante à ruptura com os paradigmas vigentes e com a ordem histórica – a chamada noção de evento?

A dimensão que está por trás da idéia de evento é, sem dúvida, a autonomia. Nesse ponto, é interessante juntar três filósofos para os quais a noção de evento é central. A referência óbvia é Alain Badiou, com sua idéia de verdade como evento que explode a cadeia do ser; ela é irredutível à ordem do ser. Mas também devemos considerar Deleuze. No que considero ser seu melhor livro, a *Lógica do sentido*, temos uma idéia da emergência do sentido como evento. Para Deleuze, há um ser substancial, obscuro e impenetrável, e existe a superfície de pura fluidez, o devir do evento de sentido. E, por último, não devemos esquecer Heidegger, cuja reflexão mais tardia procurou pensar na chamada destinação do ser como puro evento. O destino não se baseia numa metaentidade que puxe as cordinhas. Antes, é uma sucessão das diferentes maneiras pelas quais o ser se revela em constelações históricas específicas. Essas constelações são eventos, no sentido de serem acontecimentos insondáveis, desprovidos de causa.

O que penso que esses três filósofos têm em comum – embora em níveis bem diferentes – é precisamente essa irredutibilidade do evento a uma ordem positiva do ser. Com Heidegger, a questão é que o evento de apropriação do ser não pode ser reduzido a uma ordem historicista ôntica. Para Heidegger, não é possível dizer que nós, os modernos, percebemos o universo de uma dada maneira – por exemplo, como passível de manipulação técnica – por causa de algum desenvolvimento social positivo: o desenvolvimento das forças produtivas, o avanço do capitalismo e assim por diante. Não, é o inverso. A dimensão original é que o ser nos é revelado em termos de *Gestell*, o que costuma ser traduzido como estrutura ou armação, ou seja, a revelação de entidades, de seres como objetos de manipulação tecnológica potencial.

Temos uma visão semelhante em Badiou, em quem a idéia é que o evento é algo que emerge do nada. Na realidade positiva do ser temos o que Badiou chama de *site événementielle*, o lugar potencial do evento, mas o evento é como que um ato autônomo insondável, alicerçado em si mesmo. Não se pode derivar o evento de uma ordem do ser ou reduzi-lo a esta.

Não há aí um paradoxo, no sentido de que o evento representa uma ruptura com a história e, ao mesmo tempo, requer condições históricas de possibilidade?

O paradoxo é que o evento é um fenômeno retroativo que instaura a si mesmo. É um ato que, por assim dizer, cria suas próprias condições de possibilidade. O exemplo de Badiou seria a Revolução Francesa. Não se pode explicar a Revolução Francesa simplesmente a partir de suas condições sociais. Ela foi um ato autônomo, que nos permite interpretar as condições como condições revolucionárias. Não se pode objetivar a história, nesse sentido. Deleuze desenvolve esse argumento em relação ao neo-realismo, mas creio que um exemplo ainda melhor seria o filme *noir*. É claro que podemos apontar as circunstâncias que deram origem ao filme *noir* em Hollywood – a experiência dilacerante da Segunda Guerra Mundial, a crise do patriarcado, não importa –, mas a idéia é que não se pode explicá-lo a partir disso. Há uma espécie de ato original de criação; um certo universo de sentido emerge como que do nada.

Pois bem, meu problema com essa lógica do evento é que estou cada vez mais convencido de que ela é idealista demais. Em contraste, o que a noção lacaniana de pulsão tenta explicar – e creio que esse talvez seja o supremo problema materialista – é, dito em termos muito simples, como um evento pode emergir da ordem do ser. Como é que o ser explode num evento? Embora ele talvez rejeitasse tal insinuação, creio que, nessa matéria, até Badiou fica preso numa espécie de oposição kantiana entre o ser, que é simplesmente uma ordem depositada do ser, e o momento mágico do evento da verdade. O problema materialista consiste, antes, em como pensar na união do ser e do evento. Em outras palavras, como deve estruturar-se a ordem do ser para que algo como o evento seja possível? Isso é algo em que, de maneiras diferentes, Alenka Zupančič, Mladen Dolar e eu estamos trabalhando. Meu foco particular é a idéia de pulsão e aquilo a que Lacan se refere como *la doublure*, o redobramento, a torção ou a curvatura da ordem do ser que abre espaço para o evento.

Consideremos a desintegração do socialismo, há mais ou menos uma década. Existem duas interpretações principais. Por um lado, existe a visão de que ela foi um evento (embora Badiou negasse que tenha sido um evento autêntico), no sentido de que algo brotou do nada – ninguém a esperava. Por outro, existe a visão de que, retrospectivamente, podemos ver todos os sinais que apontavam para ela. Creio que as duas interpretações se equivocam. É um erro dizer que se pode simplesmente deduzir o colapso a partir das circunstâncias existentes: impasse econômico, crise da União Soviética, impossibilidade de equiparação com a revolução digital etc. Isso não basta para explicá-lo. Mas também acho que não se deve apenas optar diretamente por essa idéia de evento, como se simplesmente houvesse uma outra ordem, uma dimensão ontológica diferente.

Creio que a maneira de vermos isso é em termos da noção hegeliana crucial de postulação dos pressupostos: a inversão dialética na qual alguma coisa emerge e, em seguida, retroativamente, coopta ou trata seus próprios pressupostos como postulados por ela. Já foi assim que Marx concebeu a transição do dinheiro para o capital. No começo, o dinheiro é um mero agente que faz a mediação entre as mercadorias – ainda não é o capital. O momento do capital chega quando ele consegue tratar seus próprios pressupostos materiais – a força de trabalho, os recursos materiais etc. – como simples momentos no funcionamento de sua própria circulação fechada.

E será que essa inversão hegeliana, de postular os pressupostos, constitui algo como uma problemática universal?

Eu diria até que essa inversão está inscrita na própria estrutura da vida, é uma espécie de ética viva. Na biologia, por exemplo, temos pessoas como Francisco Varela, Humberto Maturana, Lynn Margulis e outros, que vêm elaborando uma teoria autopoiética e estão abordando questões fundamentais sobre a vida celular.

Se você considerar o organismo elementar, a célula viva, o problema não está simplesmente em saber como a célula se adapta a seu meio; antes, o problema é que, para haver a célula, é preciso termos algo como uma membrana – um limite ou uma fronteira – capaz de estabelecer um interior e um exterior básicos, necessários para qualquer organismo vivo. Logo, o problema é: como surge esse limite? E o que Varela e outros mostram de maneira convincente é que é preciso haver essa estrutura hegeliana auto-reflexiva e circular. A vida ocorre em termos daquilo a que a teoria dos sistemas autopoiéticos se refere como propriedade emergente. Surge alguma coisa que, de forma retroativa, causa suas próprias causas. Não temos, simplesmente, causa e efeito. Temos uma causa que, de algum modo, postula, causa retrospectivamente seus próprios pressupostos. É preciso haver esse circuito fundamental. Para mim, a problemática central é essa. Quando falamos de uma causa que causa ou postula retroativamente seus próprios pressupostos, estamos falando de um certo fechamento elíptico em si mesmo. E é exatamente essa a estrutura elementar da pulsão freudiana.

Conversa 5
Milagres acontecem:
globalização(ões) e política

GLYN DALY: *Desde a queda do Muro de Berlim, uma de suas preocupações contínuas tem sido desestabilizar o olhar ocidental e acabar com o fascínio do mito do Leste Europeu como um Outro sobrenatural. Isso faz parte de uma estratégia deliberada, com base na travessia da fantasia, tal como postulada por Lacan?*

ŽIŽEK: Até certo ponto, sim, embora o que me interessa seja essa espécie de fascínio recíproco: essa é a estrutura da fantasia. Para Lacan, o supremo objeto fantasístico não é propriamente o que se vê, mas o próprio olhar. O que fascinou o Ocidente não foi a irrupção de uma democracia autêntica, e sim o olhar oriental para o Ocidente. A idéia é que, embora saibamos que nossa democracia é corrupta e já não sintamos um entusiasmo democrático, lá fora ainda existem pessoas que olham para nós, que nos admiram e gostariam de se parecer conosco; embora não acreditemos em nós mesmos, existem pessoas lá fora que ainda acreditam em nós. Em última instância, o que fascinou as classes políticas do Ocidente, e até seu público em geral, foi o olhar fascinado do Leste Europeu para o Ocidente. Essa é a estrutura da fantasia: o olhar em si.

E não foi só o Ocidente que ficou fascinado com o Leste Europeu: o Leste ficou fascinado com o Ocidente. Portanto, temos uma implicação dupla. Kusturica, o cineasta servo-bosniano, é uma figura interessante nesse aspecto. É um exemplo perfeito de como esse fascínio por uma ordem supostamente autêntica e ainda não asséptica é um fascínio por algo que já foi montado para o olhar ocidental. Minha tese é que a representação dada por Kusturica a uma espécie de epopéia balcânica estatal original, natural e pré-moderna, é uma farsa. Não censuro Kusturica por bancar o primitivo, ou por ser balcânico demais, e sim pelo tanto que ele é captado pelo olhar do Ocidente, como a própria perspectiva de sua epopéia balcânica.

O objeto supremo da fantasia é o olhar em si. E penso que isso se aplica não só à política, mas também ao sexo. Nesse ponto, devemos sempre formular a pergunta básica sobre como é possível a pornografia. A resposta controvertida da psicanálise é que ela é possível porque o sexo como sexo já é sempre pornográfico. É pornográfico no sentido de que, mesmo quando estou com a pessoa ou as pessoas amadas – permita-me frisar o plural, para não ser acusado de uma lógica binária –, sempre imagino um terceiro olhar, imagino estar fazendo isso para alguém. Poderíamos dizer que existe uma estrutura fundamental da vergonha. Quando se está praticando a atividade sexual, há sempre um fascínio/horror a respeito de como isso se afiguraria aos olhos do Outro. Mesmo em nossos atos mais íntimos, sempre agimos para um olhar virtual potencial. Assim, essa estrutura que cerca a idéia de que há alguém me observando já está inscrita na sexualidade como tal. A fantasia não concerne propriamente à idéia de observar Outros praticando o sexo, mas sim o inverso. A estrutura mais elementar da fantasia é que, ao praticar o sexo, fantasio que há alguém me observando.

Nessa questão do olhar, você também chama atenção para o modo como a própria cultura contemporânea se projeta através de certo paradigma da percepção da vitimação, uma espécie de vitimologia. Que quer dizer com isso?

Com todo o respeito aos que sofrem e ao tanto que a vitimação constitui um problema grave, afirmo que isso não é uma realidade neutra. A ideologia da vitimação penetra a tal ponto na vida intelectual e política que, para seu trabalho ter alguma autoridade ética, você precisa poder apresentar-se e legitimar-se como vitimado, em algum sentido. O filósofo coerente, nesse ponto, é Richard Rorty, que define o ser humano com alguém que é capaz de sofrer dor e, já que somos animais simbólicos, alguém capaz de narrar essa dor. Logo, em certo sentido, recebemos de Rorty as coordenadas fundamentais de nossa condição pós-moderna: somos vítimas em potencial, e o direito fundamental, como diz Homhi Bhaba, passa a ser o de narrar – o direito de contar a própria história, de formular a narrativa específica do próprio sofrimento. Esse é o gesto mais autêntico que alguém pode fazer.

Mas, ao mesmo tempo, será que esse tipo de pluralização narrativa também não contribuiu para uma ampliação da cultura dos direitos sociais?

O problema aí é que o ponto de partida da pluralização narrativa não é o direito à verdade (como eu diria em termos mais leninistas), mas o direito à narrativa. A suprema dimensão ética é construir um espaço em que cada grupo/indivíduo tenha o direito de narrar sua ficção, sua versão dos acontecimentos. Portanto, a dimensão da verdade fica em suspenso.

Mais uma vez, a idéia é propor uma rede de tolerância. Por exemplo, temos o ultra-utilitarista Peter Singer, que dá um passo a mais e afirma que, se você olhar um macaco nos olhos, verá que ele também sofre. Sua conclusão similar é que o que nos qualifica como sujeitos éticos não é a razão humana, a dignidade, ou o que quer que seja, mas a capacidade de sofrer, e portanto, para sermos coerentes, por que haveriam os seres humanos de ter precedência sobre os animais? A verdade da postura de Singer (e isso me foi indicado numa conversa com Alain Badiou) é que o modelo secreto dos direitos humanos, hoje em dia – a versão tolerante liberal em que cada um de nós tem espaço para formular sua fantasia –, é o dos direitos dos animais. Porventura a lógica oculta da luta pelos direitos dos *gays*, pelos direitos étnicos, das comunidades marginalizadas etc., não é que os tratemos como espécies em extinção?

Bem, é claro que você pode dizer: que há de mau nisso? Acho que o erro fundamental é que a autenticidade suprema fica baseada na idéia de que só a pessoa imediatamente afetada pelas circunstâncias é capaz de contar a história verdadeira de seu sofrimento – digamos, só uma negra homossexual é realmente capaz de saber e dizer o que significa ser uma negra homossexual, e assim por diante. Mas, como diz Deleuze em algum lugar, a referência à singularidade da experiência, como base da argumentação ética, acaba sempre numa postura reacionária. Por exemplo, a desculpa principal de muitos nazistas, depois da Segunda Guerra Mundial, sempre foi formulada mais ou menos nesta linha: sim, vocês podem condenar-nos em termos gerais, mas será que podem imaginar o que significava ser alemão na década de 1930?

Portanto, em oposição a essa ideologia, creio que o primeiro gesto consiste em defender a idéia de verdade: verdade universal – não, é claro, no sentido de uma universalidade abstrata, ou de uma verdade metafísica eterna, mas simplesmente da verdade de determinada situação. Quando nos encontramos em certa constelação específica, é importante ter em mente que nem todas as diversas posições são iguais nem estão no mesmo patamar. Nesse ponto, é claro, sigo a filosofia política de autores como Badiou e Rancière, que procuram reafirmar a idéia de verdade como algo que se liga, precisamente, a uma certa posição abjeta excluída.

Não há nisso certa tensão (ou até um risco) com a idéia de que determinado grupo encarne a verdade universal?
É aí que entra a politização propriamente dita. Não estamos falando de uma verdade metafísica, mas da verdade universal de uma situação. Quando se mostra que a lógica de excluir determinado grupo faz parte de um problema maior, tem-se uma espécie de versão destilada do que há de errado na sociedade como tal. Penso que devemos manter essa dimensão universal. E isso faz parte do legado marxista/leninista a que recorro.

Não se trata de que tenhamos experiências particulares e parciais e então cheguemos à verdade, quando eliminamos as distorções particulares e adquirimos uma perspectiva neutra. Para mim, a verdade universal e o ladear com uma posição parcial não apenas são mutuamente excludentes, como também condicionam um ao outro. Quando se está engajado numa sociedade específica, a única maneira de formular a verdade dessa sociedade é a partir de uma posição parcial extrema. Por exemplo, os judeus eram decididamente uma minoria na Alemanha do fim da década de 1930 – sua posição era parcial. Mas não se pode dizer que os nazistas contassem uma história e os judeus simplesmente contassem outra. Não se pode dizer que o único pecado dos nazistas tenha sido o de reprimirem a outra história; isso não basta. A questão é que os judeus estavam numa posição que lhes permitia articular a verdade da situação toda. Para saber o que era a Alemanha nazista, em seu sentido mais essencial, não devemos fazer um balanço de todos os discursos, mas nos identificarmos com o abjeto excluído.

E, nas sociedades (ocidentais) contemporâneas, sua tese seria que o discurso da vitimologia tenta esconder a própria estrutura da vitimação?

A vitimação universal não é simplesmente universal no sentido de uma lógica generalizada da vitimação. Considero absolutamente crucial distinguir dois níveis. De um lado, temos o discurso de vitimação da alta classe média de nossas sociedades. Essa é a lógica narcísica de que qualquer coisa que o Outro lhe faça é uma ameaça potencial. É a lógica do assédio: o tempo todo, somos vítimas potenciais do assédio verbal, do assédio sexual, da violência, do fumo, da obesidade – uma eterna ameaça. Isso faz parte de nossa experiência.

Por outro lado, temos as catástrofes do Terceiro Mundo – ou, mesmo entre nós, os sem-teto e os excluídos. Só que aí existe uma distância invisível. Eles também são vítimas, mas a maneira pela qual são interpretados como vítimas tem sempre a dimensão adicional destinada a impedir que se transformem em agentes ativos – a idéia, portanto, é que devemos empenhar-nos em exercícios humanitários. A representação básica das catástrofes do Terceiro Mundo, por exemplo, dá-se, tipicamente, em termos da manutenção de uma distância em relação a elas: essas coisas não acontecem "aqui" ou "conosco". Portanto, a verdade da vitimologia é essa cisão. Acho simplesmente humilhante dizer que essa vitimologia do assédio sexual da alta classe média, da enunciação de comentários racistas etc., pode ser colocada no mesmo nível do sofrimento pavoroso das vítimas do Terceiro Mundo. E, ao manter essa distância, o discurso predominante da vitimologia funciona precisamente no sentido de impedir qualquer solidariedade verdadeira com as vítimas do Terceiro Mundo.

É também nisso que vejo um problema nos projetos dos estudos culturais. Para ser ligeiramente cínico, eu diria que, ao lermos os textos dos estudos culturais, temos a impressão de que o assédio sexual, as observações homofóbicas e coisas similares são os grandes problemas de hoje. Mas, na verdade, esses são os problemas da alta classe média norte-americana. Portanto, creio que devemos correr o risco de romper com o que constitui um tabu contemporâneo e dizer claramente que nenhuma dessas lutas – contra o assédio, a favor do multiculturalismo, da liberação dos *gays*, da tolerância cultural, e por aí vai – é problema nosso. Não devemos ser chantageados a aceitar essas lutas da vitimação da alta classe média como o horizonte de nosso compromisso político. Devemos simplesmente correr o risco de quebrar o tabu – mesmo que sejamos criticados como racistas, chauvinistas ou lá o que for.

Essa argumentação o coloca em discordância com os autores e ativistas que defendem uma reconstrução da esquerda em termos de uma ampliação do conjunto de alianças com grupos descontentes. E, em si mesmo, isso talvez seja sintoma de uma crise muito difundida da identidade política da esquerda. Qual é sua avaliação das perspectivas principais de reconstrução da esquerda?

Primeiro, não aceito como nível de uma esquerda moderna as chamadas lutas identitárias do multiculturalismo pós-moderno: direitos dos *gays*, demandas das minorias étnicas, política da tolerância, movimentos antipatriarcais etc. Estou cada vez mais convencido de que esses são fenômenos da alta classe média, que não devem ser aceitos como horizonte de luta da esquerda.

Para evitar mal-entendidos, não me oponho ao multiculturalismo como tal; aquilo a que me oponho é a idéia de que ele constitui a luta fundamental de hoje.

A segunda forma de política esquerdista – que também rejeito – poderia ser caracterizada como uma espécie de política pura, predominantemente associada a Badiou e pelo menos a uma certa versão de Laclau e Mouffe. O que Badiou formula (e aqui também poderíamos incluir Balibar) é uma espécie de política emancipatória pura, e, embora ele insista em que pertence a uma linhagem marxista, fica basicamente claro que não há necessidade de uma crítica marxista da economia política em sua obra. Creio que Badiou seja realmente jacobino, o último jacobino a sobreviver na tradição francesa. Ele se concentra numa lógica democrática igualitária pura e, embora seja anticapitalista, é claro, não há nenhuma exigência política específica no tocante à economia. Ao contrário, o que vemos é uma demanda incondicional de mais igualdade, ou, como diz ele, de *égaliberté*, combinando as idéias de igualdade e liberdade que explodiram na Revolução Francesa. Eu diria que Laclau e Mouffe, com seu projeto de democracia radical e a insistência numa hegemonia antineoliberal, também se enquadram nesse jacobinismo francês. E, embora a orientação jacobina francesa da política radical pura e a orientação mais anglo-saxônica da luta multiculturalista se oponham uma à outra, ainda assim elas têm algo em comum: o desaparecimento da economia como *locus* fundamental da luta.

À parte essas duas orientações principais, temos também, é claro, um trotskismo clássico que penso representar uma espécie de postura trágica, porque sempre se dirige ao fetiche da classe trabalhadora como partido revolucionário. Quando converso com algum de meus amigos marxistas ortodoxos, é comum notar que, com sua visão de todas as rebeliões, desde o Solidariedade, na Polônia, até a desintegração do comunismo e, mais recentemente, a queda de Miloševic, eles contam sempre a mesma história: a de que quem realmente derrubou esses regimes comunistas corruptos e degenerados foram os trabalhadores – as greves de trabalhadores, os movimentos dos trabalhadores etc. Assim, a história é que sempre houve a possibilidade de uma autêntica revolução dos trabalhadores, mas, como não existia um partido político apropriado, o movimento dos trabalhadores foi cooptado pelos nacionalistas, pelos neocapitalistas, por agentes da CIA, ou seja lá o que for. Às vezes há nisso um traço de verdade. Nas primeiras mobilizações do Solidariedade, por exemplo, as demandas originais eram de maior socialismo, e não de propriedade privada. Apesar disso, creio que a idéia-padrão de que em todos esses casos perdemos a oportunidade de uma revolução socialista é uma grande ilusão. A coisa não funciona assim.

E há ainda, é claro, o discurso "oficial" da esquerda contemporânea, que é a política da Terceira Via. Como você vê o desenvolvimento desse discurso?

É claro que me oponho radicalmente à política da Terceira Via, mas sinto-me tentado a percebê-la como a mais honesta dessas quatros posições, porque, pelo menos, os ideólogos da Terceira Via jogam um jogo franco. Dizem abertamente que o capitalismo é o único caminho, e a idéia toda é saber como entrar no capitalismo global e, ao mesmo tempo, manter certo nível de igualdade, de direitos sociais etc. Duvido que a Terceira Via chegue a cumprir suas promessas, mas, para mim, o que vem ficando claro, com figuras como Berlusconi, na Itália, e Haider, na Áustria, é que se tem a mesma política da Terceira Via, combinada não com o neofascismo, necessariamente, porém com idéias nacionalistas mais orgânicas. Portanto, o que temos é uma situação em que o capitalismo liberal global pode ser complementado, de um lado, por uma política multicultural ligeiramente mais orientada para o bem-estar, e, de outro, por novos tipos de maioria moral e fechamento étnico. Os dois podem coexistir com o capitalismo global. E é assim, creio eu, que a direita e a esquerda vêm sendo reestruturadas atualmente.

Mas, repetindo, o que considero honesto nos adeptos da Terceira Via é que, pelo menos, eles mostram abertamente as cartas. Não blefam, no sentido de confiarem numa idéia fetichista da esquerda, nem dependem, como alguns multiculturalistas, de uma retórica anticapitalista vazia que não significa nada. O que todas essas quatro posições têm em comum é que, ou bem endossam o capitalismo, ou bem o ignoram como problema central.

Você defendeu uma política esquerdista que volte à dimensão da economia, mas o que quer dizer exatamente com "economia"?

Não me refiro à economia no sentido vulgar de que, sim, devemos fazer alguma coisa pelo destino dos trabalhadores. O que almejo aqui é algo mais radical. Penso que há uma idéia central, elaborada por Georg Lukács e pela Escola de Frankfurt, que hoje, apesar de todas as minhas críticas à tradição marxista ocidental, é mais atual do que nunca. Trata-se da idéia de que a economia não é simplesmente uma das várias esferas sociais. A percepção básica da crítica marxista à economia política – ao fetichismo da mercadoria etc. – é que a economia tem certo *status* social prototranscendental. A economia proporciona a matriz gerativa de fenômenos que, à primeira vista, nada têm a ver com a economia como tal. Por exemplo, podemos falar de reificação, de mercantilização da cultura e da política, e coisas similares. No nível da forma, a economia capitalista tem âmbito universal. Portanto, o que me interessa é a dimensão estruturante global do que acontece no nível da economia capitalista. Não se trata apenas de um domínio entre outros. Nesse ponto, mais uma vez, discordo do mantra pós-moderno: gênero, luta étnica, gênero, seja lá o que for, e, depois, classe. A classe não é um elemento da série. Por classe, é claro, entendemos luta econômica anticapitalista.

Você insiste na importância da classe, mas a idéia de classe, como agente unificado, tem sido intensamente criticada por diversas perspectivas. Você ainda considera a classe trabalhadora um agente revolucionário, no sentido marxista?

Bem, sim e não. Para mim, o problema é: o que vem a ser classe trabalhadora na atualidade? Creio que devemos abandonar, com certeza, qualquer fetiche sobre a centralidade da classe trabalhadora. Mas, ao mesmo tempo, devemos abandonar o fetiche inverso (pós-moderno): o de que a classe trabalhadora está desaparecendo, de que não faz sentido falar em classe trabalhadora. As duas coisas estão erradas.

Existe hoje um par de tendências. Uma delas é o papel estrutural crescente das pessoas desempregadas. Está claro que, com essa nova lógica do capitalismo contemporâneo, há uma tendência cada vez maior a que não se tenha um emprego permanente pela vida afora, mas se mude de emprego a cada dois ou três anos. Alguns ideólogos pós-modernos comemoram isso como uma nova libertação, no sentido de que não se tem uma identidade fixa: para usar a expressão da moda, tem-se uma "carteira de subjetividades". Essa é uma típica operação ideológica pós-moderna, na qual o horror de o sujeito nunca saber ao certo se terá ou não um emprego é vendido como a nova liberdade. O indivíduo não se fixa numa identidade; tem de se reinventar a cada dois ou três anos.

Portanto, essa camada de desempregados já não é simplesmente um excedente, mas algo estruturalmente inscrito.

A classe trabalhadora divide-se entre os que têm e os que não têm emprego. A segunda cisão que torna problemática a idéia tradicional de classe trabalhadora é a cisão entre o trabalho intelectual e o braçal. Quanto a isso, existem duas posições. Uma é dizer, simplesmente: sim, o trabalho braçal vem desaparecendo, mas ainda está presente em termos dos milhões de pessoas empregadas na economia no setor de serviços, dos trabalhadores imigrantes que fazem o trabalho pesado aqui, das novas fábricas da Indonésia que são antros de exploração do trabalho, e assim por diante. Portanto, nossas sociedades têm que depender do trabalho braçal da classe trabalhadora propriamente dita.

No lado oposto, temos esse ágil truque de prestidigitação que afirma que o trabalho intelectual também faz parte do proletariado de hoje, que todos esses programas de computador também são explorados etc. De algum modo, acho que as duas posições são falsas, e que devemos simplesmente aceitar essa cisão como definitiva.

A terceira oposição, na qual já tocamos, é a relação entre o Primeiro e o Terceiro Mundos. De acordo com o marxismo tradicional, o capital de verdade deve ser o capital do Primeiro Mundo. Em contraste com isso, é claro, temos a posição maoísta, segundo a qual a atual luta de classes está se transformando na luta de países inteiros, no sentido de que existem países, como os Estados Unidos e o Reino Unido, por exemplo, que já são, em si mesmos, nações burguesas. E existem nações que, como nações, representam nações proletárias. Oponho-me a isso, mas vejo aí um sinal de problema.

Então, para esclarecer, embora rejeite o fetiche da classe, você atribui certa prioridade política à luta de classes, pelo menos em termos de anticapitalismo?

Minha posição é quase marxista clássica, no sentido de que eu insistiria em que a luta anticapitalista não é simplesmente uma entre outras lutas políticas por maior igualdade, reconhecimento cultural, anti-sexismo etc. Confio no papel estruturante central da luta anticapitalista. E não acho que minha postura seja tão louca ou idiossincrática quanto talvez parecesse há uns dois anos. Não se trata apenas do chamado Movimento de Seattle; há muitos outros sinais que demonstram – como vou dizê-lo? – que o capitalismo está voltando a se tornar um problema, que a lua-de-mel da globalização, que perdurou durante a década de 1990, está chegando ao fim. É nesse contexto que também podemos compreender o incrível sucesso de *Império*, de Negri e Hardt*, que assinala que as pessoas estão voltando a perceber o capitalismo como um problema. Já não se trata da velha história de que as batalhas ideológicas acabaram e o capitalismo venceu. O capitalismo, mais uma vez, é um problema. Seria esse o meu ponto de partida.

E não penso na luta anticapitalista apenas em termos de movimentos do consumidor. Isso não basta. Precisamos fazer mais do que simplesmente organizar uma multidão de focos de resistência ao capitalismo. Há uma necessidade básica de traduzirmos essa resistência num projeto mais global – caso contrário, estaremos meramente criando instâncias reguladoras que controlarão apenas os piores excessos do capitalismo.

Isso também parece estar na base de sua discussão com Ernesto Laclau (em J. Butler et al., Contingency, hegemony and universality), *na qual você parece afirmar que as lutas políticas existentes já estão aprisionadas em certo espírito capitalista liberal, e que a lógica*

---

* Michael Hardt e Antonio Negri, *Império* (Rio de Janeiro, Record, 2003). (N. de T.)

contemporânea da hegemonia já foi hegemonizada, já está configurada nos próprios processos do capital...

Sim, concordo com a sua formulação de que a própria hegemonia está hegemonizada. Em que sentido? Creio que a idéia de que hoje já não temos uma luta central, e sim uma multiplicidade de lutas, é falsa, porque não devemos esquecer que o terreno para essa multiplicidade de lutas foi criado pelo capitalismo global moderno. Isso não desmerece tais lutas: não estou dizendo que elas não sejam lutas reais. O que digo é que a passagem da antiga luta de classes para todas essas lutas pós-modernas, ecológicas, culturais, sexuais etc., foi aberta pelo capitalismo global. A base dessas lutas é a globalização capitalista.

Em alguns textos (como The ticklish subject*), você se refere ao capital como o Real de nossa era. Mas, se o capital é o Real (onde não falta nada), isso não significaria que simplesmente não há possibilidade de um desafio às estruturas de poder do capitalismo?*

A primeira coisa que eu frisaria é que, para Lacan, o Real não é aquilo que existe para sempre, absolutamente imutável etc. Ao contrário do que pensam algumas pessoas, a concepção lacaniana de que o Real é impossível não quer dizer, simplesmente, que não se possa fazer nada a respeito do Real. A aposta ou esperança fundamental da psicanálise é que, através do Simbólico, é possível intervir no Real. O que Lacan chama de *sinthome* (sua versão do sintoma) é Real, um Real simbólico, no sentido de estruturar o gozo. E a idéia é que, pela intervenção do Simbólico, essas estruturas podem ser transformadas. O Real não é uma espécie de ponto central intocável, sobre o qual não se possa fazer nada além de simbolizá-lo em termos diferentes. Não. A idéia de Lacan é que se *pode* intervir no Real. A dimensão fundamental da psicanálise, para Lacan, pelo menos para o Lacan da maturidade, já não é a da simples ressimbolização, mas a de que algo de fato acontece. Ocorre uma verdadeira mudança na psicanálise quando a sua forma fundamental de *jouissance* [gozo], que é justamente a sua dimensão real como sujeito, se modifica. Portanto, a aposta básica da psicanálise é que você pode fazer coisas com as palavras, coisas reais, que lhe permitem mudar os modos de gozo, e assim por diante.

Nessa mesma linha, quando digo que o capital é o Real, quero apenas dizer que ele é aquilo que permanece o mesmo em todas as simbolizações possíveis. Que quero dizer com isto? Temos uma multiplicidade florescente de culturas, de lutas etc., e o capital é o Real, simplesmente, como a estrutura subjacente neutra e sem sentido. Para dizê-lo em termos das distinções que faço entre o Real real, o Real simbólico e o Real imaginário, eu diria que o capital é o Real simbólico, é essa estrutura neutra fundamental que persiste.

Isso nos leva, é claro, à espinhosa questão da natureza do próprio capitalismo e às possibilidades contínuas de seu desenvolvimento. Como você vê essas possibilidades?

Creio que, hoje, muitas pessoas que se opõem à globalização capitalista, mesmo as que fazem parte do movimento de Seattle, continuam a contar com algum limite externo ao capital, e sua idéia é que a expansão capitalista não pode abranger tudo e que encontraremos algum limite externo. Por exemplo, os ambientalistas tendem a argumentar que, em certo momento, haverá um limite ecológico para o desenvolvimento, e isso nos obrigará a abandonar ou, pelo menos, a reestruturar (para usar um termo do mundo dos negócios) significativamente o capitalismo.

Outros afirmam que existe um certo limite ético-político. Até certo ponto, essa seria a posição normativa habermasiana, na qual, dito em termos simples, algumas normas éticas – igualdade, liberdade, dignidade etc. – tornam-se parte de nossa identidade humana e servem de limite para o desenvolvimento econômico capitalista. Alguns psicólogos sociais chegam até a achar que existe um limite psíquico, no sentido de que o capitalismo atual – e não se trata de uma posição tão ridícula quanto parece – está literalmente nos levando à loucura, até mesmo no sentido clínico.

Essa seria uma espécie de versão distorcida de Deleuze e Guattari?

É praticamente o oposto de Deleuze e Guattari, porque eles têm aquela idéia da esquizofrenia capitalista, da paranóia ruim que depois explode numa boa esquizofrenia revolucionária. Mas penso que Deleuze e Guattari aproximam-se perigosamente de uma espécie de celebração pseudo-antipsiquiátrica da loucura. Penso que a loucura é uma coisa terrível – as pessoas sofrem – e sempre considerei falso tentar identificar nela alguma dimensão libertária. Seja como for, o limite a que se referem os psicólogos sociais é de natureza muito mais direta. Por exemplo, segundo algumas estimativas norte-americanas, pelo menos 70% dos professores e acadêmicos de hoje usam Prozac ou alguma outra forma de droga psicotrópica. Isso já não constitui a exceção. Trata-se literalmente de que, para funcionar, já precisamos de psicofármacos. Portanto, o limite é este: simplesmente começaremos a enlouquecer.

Mas não engulo essa idéia de limite externo. Acho que o capitalismo tem uma incrível capacidade de transformar a catástrofe numa nova forma de acesso. O capitalismo é capaz de transformar todos os limites externos a seu desenvolvimento num desafio para novos investimentos capitalistas. Por exemplo, vamos presumir que ocorra uma grande catástrofe ecológica. Creio que o capitalismo pode simplesmente transformar a própria ecologia num novo campo de concorrência do mercado, algo assim como quem produzirá o melhor produto, qual deles será ecologicamente superior.

Como já temos visto em crises periódicas, como a doença da vaca louca e o vírus da febre aftosa, existe hoje um impulso muito mais concertado em direção aos alimentos orgânicos.

Sim, e está claro que os chamados alimentos orgânicos, embora se goste de retratá-los como uma espécie de sabedoria oriental de sabor oposto ao capitalismo do Ocidente, simplesmente vêm-se tornando, cada vez mais, um dos componentes centrais da produção e da comercialização agrícolas. Portanto, creio que devemos ater-nos à percepção marxista de que a única coisa capaz de destruir o capitalismo é o próprio capital. Ele tem que explodir de dentro para fora.

Você vê algum sinal atual de que esse tipo de implosão esteja ocorrendo (ou venha a ocorrer)?

Vejo. E até os economistas conservadores começam a se conscientizar desse processo implosivo. Por exemplo, fica cada vez mais claro que os novos avanços da biogenética, das economias digitais etc. não estão tornando obsoleta a idéia da propriedade privada, mas vêm privando a propriedade privada de seu papel central, no sentido de que ela já não pode funcionar como o regulador axiomático da autoridade social. Examinemos algumas observações superficiais. Se você olhar para as recentes oscilações extremas da bolsa de valores, verá com clareza que o sistema vem se virtualizando a tal ponto, que o que determina o valor das ações não são apenas as expectativas, mas já as expectativas sobre as expectativas. Portanto, tendemos a ter oscilações que são simplesmente irracionais demais para que o sistema as sustente. Além disso, a autoridade social de hoje – e esse argumento tem sido desenvolvido por muita gente, inclusive J. Rifkin, em seu *Age of access* – está cada vez mais ligada à questão do acesso à informação, e isso, por sua vez, já não é predominantemente regulado pela propriedade privada. Na verdade, a estrutura da propriedade é muito complexa hoje em dia. Se tomarmos um típico capitalista de hoje, veremos que ele ou ela costuma ser diretor(a) de uma empresa que foi adquirida por uma segunda, que é controlada por uma terceira, a qual responde, por sua vez, a um banco. Portanto, a autoridade já não é uma simples questão de quem está na ponta dessa cadeia.

Se considerarmos a digitalização ou a biogenética, o problema da chamada propriedade intelectual torna-se ainda mais irracional. Como você sabe, certas empresas de biogenética já estão patenteando alguns genes humanos. O que significa isso? Que essas empresas serão donas de nós? É óbvio que, a certa altura, isso não funciona. Se examinarmos as multinacionais, também veremos que uma prática típica das grandes corporações é elas adquirirem empresas bem-sucedidas menores, com a finalidade explícita de proibir novas pesquisas e avanços tecnológicos. A questão é que, com a propriedade intelectual, confrontamo-nos com a situação paradoxal de que, quando os resultados são bons demais, acabamos entregando-os de graça (como no caso da tecnologia da internet), ou temos uma situação enlouquecida em que as empresas tentam controlar nossa própria maneira de pensar.

Vamos esclarecer: sua tese é de que o funcionamento contemporâneo da propriedade intelectual está levando a certos tipos de "excesso" que descortinam possibilidades mais radicais?

Provavelmente, o exemplo paradigmático, nesse caso, é a Microsoft. O Microsoft Windows se estabeleceu mais ou menos como a linguagem predominante dos computadores, mas isso nada tem a ver com a lógica normal do mercado. Por que a vasta maioria das pessoas usa Microsoft? Não por ser melhor. Quase todo *hacker* lhe dirá que outras linguagens são melhores. A resposta é, simplesmente, a comunicação. Usamos Microsoft porque sabemos que é a única maneira de comunicar-nos com todas as outras pessoas. Caso contrário, o envio de arquivos e coisas similares torna-se um pesadelo. Para mim, a solução óbvia não estaria em nos engajarmos no jogo antimonopolista de dividir a Microsoft em unidades menores, mas simplesmente em reconhecermos a futilidade da propriedade privada. Por que uma pessoa particular deve ser dona da linguagem de computador que todos usamos? A solução óbvia não seria socializar seu uso?

Esses tipos de problemas de propriedade intelectual apontam para um desdobramento insólito. À medida que a propriedade privada torna-se menos capaz de garantir ou regular a distribuição do poder social, somos mais e mais lançados numa situação crítica e perigosa. Por um lado, os avanços na ampliação da propriedade intelectual realmente descortinam possibilidades emancipatórias. Mas, por outro lado, como o poder social já não pode ser regulado pela propriedade privada, há uma demanda crescente de formas novas e mais imediatas de dominação social: um novo racismo, dominação especializada etc. Portanto, a tendência oposta estaria voltada para formas mais imediatas e antidemocráticas de hierarquia social.

Minha modesta previsão, nesse ponto, é que a luta fundamental não se dará propriamente nos velhos termos marxistas de sermos a favor ou contra a propriedade privada, a qual perderá cada vez mais seu sentido. O problema estará no que vem depois. A luta contemporânea girará mais e mais em torno desses novos potenciais emancipatórios e das novas formas de dominação social direta.

Uma luta central que ocorre atualmente diz respeito à globalização, ou talvez, em termos mais exatos, às diferentes versões da globalização. Como você vê a globalização, e qual deve ser a resposta da esquerda?

Creio que a maneira de reagir à globalização é endossá-la e exigir uma globalização ainda mais radical. Para mim, o problema da forma atual de globalização é que ela implica um excesso de exclusão. Ela é falsa, não por se apagarem todas as diferenças particulares, mas exatamente porque implica exclusões radicais. E penso que, muitas vezes, as pessoas que resistem à globalização, mesmo as de esquerda, resistem a ela, em última instância, a partir de posturas reacionárias. Chego a me sentir tentado a dizer que, para muitos esquerdistas, a resistência à globalização lhes permite reafirmar um patriotismo e um nacionalismo à moda antiga.

As grandes perdedoras do processo de globalização não são as nações pequenas, como a minha Eslovênia, mas as potências mundiais de nível médio, como o Reino Unido, a França e a Alemanha. Elas estão perdendo sua identidade e são as mais ameaçadas. Esse é um dos resultados positivos da globalização. Na verdade, a perspectiva não é que nações pequenas como a Eslovênia desapareçam, mas, ao contrário, que essas potências médias sejam reduzidas ao nível de nações como a Eslovênia, dentro do que Negri e Hardt chamam de novo império global. E não se pode dizer simplesmente que o império, a ordem global, seja uma espécie de ordem meganacional. Não é. Acho que, no capitalismo global, o multiculturalismo é genuíno. Não creio que possamos fingir que o capitalismo é um modo de encobrir uma certa dominação cultural, ou seja, que o capitalismo realmente signifique um predomínio da cultura européia ou norte-americana. Não, o capitalismo moderno é de fato multinacional e multicultural, no sentido de que não tem um referente sociocultural supremo. O verdadeiro horror do capitalismo é que ele é literalmente desprovido de raízes. E, nesse sentido, ele é o Real: é uma máquina simbólica abstrata desarraigada.

E, em oposição a essa máquina abstrata, você argumenta que as afirmações de autonomia cultural são ineficazes, na melhor das hipóteses?

Penso que devemos resistir à tentação de endossar um falso tipo de antiglobalização que, na verdade, é apenas a retórica culturalista e a resistência de um patriotismo europeu antiquado. Esse problema fica especialmente claro no caso da França. Os franceses estão em situação muito pior do que os alemães ou os ingleses. Um dos aspectos positivos da Grã-Bretanha é que, graças a seu tipo de colonização, nela se desenvolveu ao menos uma certa tolerância multicultural. Na Alemanha, em função da experiência pavorosa do nazismo, eles têm uma espécie de medo primordial do nacionalismo – ainda hoje, é meio suspeito afirmar de maneira muito franca o patriotismo alemão. Mas acho que na França há um fenômeno muito triste e perigoso: é que lá, sob o disfarce de luta contra a globalização capitalista, sobrevivem algumas formas ressuscitadas de patriotismo e nacionalismo franceses.

Ou, então, tomemos o contexto iugoslavo. Muitas vezes me acusam, de maneira estranhíssima – que realmente não consigo entender –, de ser um nacionalista esloveno anti-Sérvia. Quando converso com membros da chamada oposição democrática sérvia, eles dizem ser a favor de uma Sérvia democrática e cosmopolita, cujo traço definidor seja a cidadania, e não a pertença nacional. Muito bem, aceito isso. Mas é aí que começam os problemas, porque, conversando um pouquinho mais com eles, descobre-se uma certa visão política que tenta disfarçar de universalismo democrático a particularidade cultural. Por exemplo, se você lhes perguntar sobre a autonomia eslovena, eles dirão que a Eslovênia é uma pequena nação fechada e que eles, em contraste, são favoráveis a uma sociedade democrática antinacionalista que não se feche em si mesma. Na realidade, porém, o que eles praticam é uma espécie de nacionalismo em dois níveis, no qual afirmam em seguida que os sérvios são a *única* nação da Iugoslávia com uma estrutura tal que é capaz de sustentar esse princípio aberto da moderna cidadania democrática.

Portanto, temos aí essa lógica dupla. Por um lado, eles criticam o regime de Miloševic, do ponto de vista democrático – afirmando que os sérvios são fundamentalmente democráticos e que Miloševic os perverteu –, mas, por outro, negam esse potencial democrático em outros grupos étnicos da antiga Iugoslávia (Vocês, eslovenos, querem ser um Estado, mas são, na verdade, uma tribo alpina primitiva). Portanto, isso funciona nos mesmos moldes das formas pseudoprogressistas de nacionalismo francês, cuja idéia é que os franceses são a única ou a principal nação democrática igualitária, são a única nação em que a democracia está inscrita em sua própria identidade. Uma visão francesa típica, nesse ponto, é que os alemães são feudais e autoritários demais; os ingleses, liberais e vulgares demais; e somente os franceses é que têm esse autêntico espírito democrático. Nesse sentido, os sérvios da antiga Iugoslávia ocupam uma posição semelhante à dos franceses na Europa Ocidental.

E é assim, muitas vezes, que o racismo funciona hoje em dia – nesse nível reflexivo disfarçado. Por isso, devemos ter muito cuidado quando as pessoas enfatizam suas credenciais democráticas: será que essas mesmas pessoas também admitem que o Outro tenha as mesmas credenciais? Para mim, o verdadeiro democrata sérvio não seria aquele que afirma que "nós, os sérvios", somos realmente democratas, e Milošević nos aterrorizou, mas aquele que estivesse pronto a dizer que os albaneses têm o mesmo potencial democrático. Esse é um desafio muito mais difícil. É esse o verdadeiro problema: reconhecer o potencial democrático do Outro.

Essa questão do potencial democrático do Outro nos leva à crise (ou às crises) em andamento em torno do 11 de Setembro de 2001 e da política de confronto entre as democracias liberais do Ocidente e as chamadas forças fundamentalistas (o "eixo do mal" de Bush). Como se deve entender essa política?

Para começar, penso que, quando se ouve a frase "nada será como antes", a primeira atitude da pessoa de fato pensante é duvidar disso. Creio que, por mais paradoxal que pareça, mas justamente a propósito desses grandes eventos dilacerantes, devemos tomar coragem e perguntar: será que se trata mesmo de um acontecimento tão fatídico? Eu diria que não. Creio que, nesse caso, precisamos concentrar-nos na maneira pela qual essa experiência dilacerante vem sendo ideologicamente apropriada. A atitude conservadora típica pode ser vista na imprensa norte-americana e numa série de comentários recentes que declaram o fim da "era da ironia". A mensagem geral é que, até agora, sentíamo-nos seguros em nossa esfera do mundo, onde podíamos fazer todas aquelas brincadeiras desconstrucionistas/irônicas e tudo o mais, porém agora caímos na realidade. Agora a situação está clara. Acabou-se a brincadeira. Somos nós contra o inimigo, e você tem que escolher um lado. Essa é a tentação a que devemos resistir. Penso que agora, mais do que nunca, a mistificação está no auge. É exatamente nos momentos em que a própria situação parece impor uma transparência radical – Parem com todas essas suas análises disparatadas, agora somos nós contra eles – que a ideologia atinge seu ponto mais alto.

A primeira coisa a questionar são as próprias coordenadas da problemática. A representação dominante do conflito se dá em termos da atitude liberal e franca do Ocidente, em contraste com as forças fundamentalistas muçulmanas. Mas será mesmo essa a verdadeira oposição? Logo num nível imediato, vemos que os dois países que eram os principais defensores dos talibãs, o Paquistão e a Arábia Saudita, eram também, ao mesmo tempo, importantes aliados norte-americanos. Ora, apesar de toda essa conversa sobre democracia, a verdade é que interessa aos Estados Unidos que a Arábia Saudita *não* se torne uma democracia, porque isso significaria o perigo de intervenções populistas e de que os Estados Unidos perdessem o acesso ao petróleo. E, como parte desse jogo, a Arábia Saudita, por sua vez, brinca de apertar e afrouxar a política fundamentalista, para se legitimar aos olhos de seu próprio povo.

Em vez de aceitarmos essa oposição simples entre "nós, os liberais esclarecidos, francos e tolerantes" e os "fundamentalistas", creio que devemos usar outro quadro de referência geral, que já foi sugerido por Badiou. Ele afirma, de maneira convincente, que, embora a característica principal do século xx tenha sido a chamada Guerra Fria, que definiu o antagonismo político entre capitalismo e socialismo, houve, simultaneamente, uma "guerra quente" entre o próprio excesso de capitalismo e todas as outras formações sociais. Dito em termos simples, para combater o comunismo, o capitalismo soltou o gênio da garrafa – ou seja, o fascismo –, e depois teve que unir forças com seu verdadeiro inimigo para esmagá-lo. Isso é crucial. E, nesse ponto, eu concordaria condicionalmente com Fukuyama, que aplica o termo "islamo-fascismo" aos talibãs. Mas penso que devemos dar a esse termo um sentido marxista rigoroso. Islamo-fascismo significa o fascismo como estratégia desesperada de defesa do capitalismo. Do mesmo modo que qualquer fascismo, o islamo-fascismo/fundamentalismo faz parte da estratégia espontânea de defesa capitalista.

É claro que não concordo com Fukuyama, mas deparei com uma ironia reveladora num exemplar da resenha anual da *Newsweek* (uma daquelas edições idiotas que especulam sobre o futuro), na qual, por acaso, foram publicados textos de Huntingdon e Fukuyama. À primeira vista, eles se opõem claramente: Huntingdon enuncia sua tese do "choque das civilizações", enquanto Fukuyama afirma o fim da história e a extinção de todos os choques básicos e dos lembretes ideológicos. Nenhum dos dois é um pensador sério, mas, apesar disso, chegamos a um resultado interessante: a verdade deles está em lê-los juntos, como idênticos. Ou seja, o choque das civilizações *é* a política do fim da história. Quando já não existem lutas ideológico-políticas propriamente ditas, qualquer luta só pode afigurar-se, de maneira totalmente mistificada, como um choque étnico ou religioso de civilizações. É essa a verdade básica da posição dos dois.

Como você responderia aos que afirmam que existem possibilidades alternativas, e talvez mais progressistas, dentro do discurso islâmico?

Quando digo islamo-fascismo, isso não significa, em absoluto, que eu seja antiislâmico, muito pelo contrário. Em nossa maçante época do politicamente correto, todos os ocidentais tentam parecer liberais e não querem pôr a culpa no islamismo como tal. Fazem grandes esforços para enfatizar que o islamismo é uma grande religião e que os talibãs não passam de uma degeneração monstruosa do islamismo. Não; penso que é fato que, de todas as grandes religiões mundiais, o islamismo decerto tem a resistência mais sólida aos processos do capitalismo global. Outras religiões, como o budismo, o hinduísmo, o catolicismo etc., em geral se adaptaram ao capitalismo global, mas não o islamismo.

No entanto, não creio que isso condene os muçulmanos à oposição entre o islamo-fascismo – a resistência fundamentalista ao capitalismo – e o passarem por sua própria reforma e finalmente se aprontarem para o mundo moderno. O que sabemos é que no islamismo existe a mais intensa resistência ao capitalismo e que isso pode dar uma guinada fascista ou – por que não? – uma guinada socialista. Portanto, apesar de haver o risco de o islamismo se tornar uma espécie de emblema da resistência fascista, há também a possibilidade de que ele abra uma perspectiva radical muito mais interessante.

O tipo de política radical que você tem defendido parece basear-se na idéia de desenvolver um universalismo mais autêntico, em oposição ao falso universalismo do capitalismo liberal global. Mas será que todos os universalismos não são "falsos", na medida em que exigem alguma forma de encarnação particularista, e, portanto, exclusivista (em termos hegelianos: não existe espírito sem matéria)?

Essa é uma ótima pergunta. Toda universalidade é falsa, de certo modo, no sentido de ser hegemonizada/particularizada. Mas minha resposta aqui é que, mesmo assim, existe um ponto negativo em que a universalidade é hegemonizada num sentido não excludente, de um modo diferente de como costuma hegemonizar-se. Foi exatamente isso que tentei desenvolver antes, em termos sucintos, quando falei em chegarmos à verdade de uma situação identificando-nos com o momento de abjeção. Por exemplo, quando você tem, em certa totalidade social, aqueles que estão "abaixo de nós" – os renegados ou proscritos –, então, precisamente na medida em que são os abjetos, eles representam a universalidade. Portanto, não se trata de uma universalidade positiva. Nesse ponto, eu recorreria a Jacques Rancière e a seu excelente livro, *Misunderstanding*, no qual ele desenvolve a perspectiva de uma lógica democrática da universalidade. Ora, é claro que tal universalidade é hegemonizada, mas é hegemonizada pelos que estão por baixo, pelos excluídos, e isso muda tudo.

De novo, como ele assinala, quando os excluídos dizem que representamos o que há de errado na sociedade, seria incorreto imputar-lhes simplesmente uma espécie de norma positiva, ou impor uma injunção habermasiana, em termos de uma simples demanda de maior igualdade. Ao contrário, a posição abjeta representa a mentira da universalidade existente e não tem necessariamente uma dimensão positiva direta. Nesse sentido, a universalidade aqui não é falsa, porque apenas encarna o que há de falso na universalidade existente. Ela dá corpo à falha da universalidade e não tem nenhum conteúdo positivo. Nesses termos, creio que essa idéia de universalidade pode ser salva.

Nos últimos tempos, você tem se voltado longamente para questões de teologia (como em The fragile absolute *e* On belief*). Que tipo de contribuição pode fazer a teologia para o radicalismo contemporâneo?*

Responderei a essa pergunta enfocando um texto bíblico que realmente me fascina: o Livro de Jó. Alguns padres me disseram que Jó não pertence realmente à Bíblia e que, se houvesse alguma possibilidade de reeditá-la, esse livro seria o primeiro a ser excluído. Há algo de realmente extraordinário em Jó, e eu diria que ele é, talvez, o primeiro exemplo de uma crítica moderna da ideologia. Jó é um homem devoto e um cidadão-modelo, que de repente se vê atingido por calamidades. É então visitado por três amigos com formação teológica, um após outro. Esses amigos representam a ideologia no que ela tem de mais puro. Cada um tenta simbolizar o sofrimento de Jó, dar-lhe um sentido – talvez Deus o esteja punindo (mesmo que você desconheça seu pecado), talvez Deus o esteja testando, e por aí vai.

Ora, a percepção habitual de Jó é a de um homem paciente, que simplesmente suporta seus infortúnios com dignidade e permanece fiel a Deus. Mas Jó não é esse homem tranqüilo que aceita tudo; ele reclama o tempo todo. Suas queixas não são propriamente dirigidas a Deus, mas a uma coisa mais precisa: ele apenas não admite que seu sofrimento tenha algum sentido, quer afirmar a falta de sentido de seu sofrimento. Não engole a idéia de que um plano divino qualquer possa justificar seu sofrimento. E então, no fim, quando Deus aparece, Ele diz que os três amigos estavam inteiramente errados e que tudo o que Jó disse estava certo. E, no momento em que se admite o sofrimento como algo que não tem um sentido mais profundo, isso significa que é possível mudá-lo, lutar contra ele. Esse é o nível zero da crítica da ideologia – quando não se atribui nenhum significado a ela. É, de verdade, um avanço incrível.

E é por meio de Jó que também deveríamos interpretar a relação entre Deus e Cristo. Quando Deus aparece pela primeira vez no Livro de Jó, é um pouco como um espetáculo hollywoodiano, no qual Ele declara que é capaz de criar monstros de sete cabeças e coisas similares. Mas toda a sua bazófia e suas declarações de poder são, na verdade, uma tentativa de mascarar o inverso: o que Deus demonstra é sua derrota. Nesse sentido, o sofrimento de Jó aponta para o sofrimento de Cristo. Passamos do judaísmo para o cristianismo quando essa cisão infinita entre o Homem e Deus – o ponto em que o Homem simplesmente não consegue encontrar nenhum sentido em seu sofrimento – é transposta para o próprio Deus. É assim que se deve ler o grito desesperado de Cristo: "Pai, por que me abandonaste?". Isso não deve ser interpretado como "Por que me traíste?", e sim em termos das expectativas de um filho diante de um pai que não pode ajudar. É uma questão muito mais desesperadora. A censura é mais dirigida à impotência do Pai. Deus não é onipotente e, nesse sentido, Cristo tanto representa o Deus impotente quanto o absurdo de seu próprio sofrimento.

Esse é um aspecto crucial da herança religiosa, que, eu diria, aplica-se à globalização contemporânea. Temos quase a mesma lógica que vemos no Livro de Jó nos apregoadores atuais da globalização, parecidos com os três amigos teólogos, pois eles dizem que as pessoas estão sofrendo, mas que isso é apenas uma parte vital da reestruturação, um problema temporário no esquema geral das coisas, e que a vida logo vai melhorar. Não, nós devemos adotar a postura de Jó e não aceitar nenhuma necessidade imperiosa ou fatalismo.

Há no pensamento contemporâneo uma tendência crescente a tentar reintroduzir um senso de religiosidade, mediante uma separação entre a ética e a política. Como você vê a relação entre ética e política?

Embora eu tente isolar certo núcleo emancipatório da religião, devo enfatizar que sou um completo materialista. Acho que uma das tendências a que me oponho com muita firmeza é a recente guinada teológica pós-secular do desconstrucionismo, onde a idéia é de que, apesar de não existir um Deus ontoteológico, existe um tipo de injunção ética incondicional à altura da qual jamais poderemos viver.

Logo, o que ressurge aí é uma cisão entre a ética e a política. A ética representa a injunção incondicional que nunca se pode satisfazer, e, portanto, é preciso aceitar o hiato entre a injunção incondicional e as intervenções sempre falhas e contingentes que fazemos. A ética passa a ser o campo do incondicional, do espectral, da Alteridade etc., enquanto a política consiste em intervenções práticas. Essa Alteridade levinasiana pode então ser diretamente formulada como a dimensão divina, ou formulada apenas como a dimensão utópica messiânica inerente à linguagem como tal, e por aí vai.

Penso que a ética lacaniana rompe com tudo isso. Lacan não pode ser incorporado a esse paradigma. O que ele faz é precisamente afirmar a politização radical da ética, não no sentido de que ela deva ser subordinada às lutas pelo poder, mas em termos de aceitar a contingência radical. A postura política elementar é aquela que afirma essa contingência, e isso significa que não se tem nenhuma garantia em nenhum tipo de norma. É preciso arriscar e decidir. É essa a lição de Lacan. Não ceda em seu desejo. Não busque apoio em nenhuma forma de Outro maiúsculo – mesmo que esse Outro maiúsculo seja totalmente vazio, ou seja uma injunção incondicional levinasiana. É preciso arriscar o ato sem garantias.

Nesse sentido, o fundamento supremo da ética é político. E, para Lacan, a ética despolitizada é uma traição ética, porque se põe a culpa no Outro. A ética despolitizada significa que você confia em alguma imagem do grande Outro. Mas o ato lacaniano é, precisamente, o ato em que você presume que não existe grande Outro.

E seria por isso que você vê alguém como Lenin como uma figura ética?

Sim. Recentemente, a partir de minha releitura de Lenin, afirmei que, de certo modo, ele praticava a ética lacaniana. É provável que o período mais fascinante de sua atividade tenha sido entre março e outubro de 1917, quando já havia uma revolução democrática burguesa – e até Lenin admitiu que a Rússia era o país mais democrático do mundo, naquele momento –, e quando Lenin teve a louca idéia obsessiva de pressionar por uma revolução em outubro. Na verdade, sua mulher, Natasha Kutsaya, escreveu a Bukharin dizendo que Lenin estava ficando louco e que talvez eles devessem interná-lo.

É interessante observar os argumentos montados pelos que não queriam correr o risco da revolução. Houve dois tipos principais, ambos buscando uma garantia na figura de algum Outro maiúsculo. O primeiro dizia respeito à idéia da necessidade objetiva do desenvolvimento histórico: devemos começar por uma revolução burguesa, depois estabilizar os ganhos dessa revolução, e só então dar o passo seguinte. Era aquele tipo de argumento do "não precipitemos as coisas / a situação ainda não é inteiramente propícia". A segunda forma de resistência veio de considerações ético-políticas e de saber se a maioria do povo estaria realmente a favor de uma revolução. Havia um sentimento de que devia existir algum tipo de legitimação democrática, ou, como disse Lenin cinicamente, em seu estilo irônico e acerbo, é como se primeiro tivéssemos de organizar o plebiscito e, se obtivermos 55% dos votos, poderemos levar adiante a revolução.

O que há de grandioso em Lenin é que ele não se opõe a esses dois tipos de resistência com uma outra imagem do Outro maiúsculo. Sua idéia não é "não, as leis da história estão do nosso lado". Sua idéia é simplesmente que não existe esse grande Outro; nunca existem garantias; é preciso agir. É preciso correr o risco e agir. Penso ser esse o Lenin que foi verdadeiramente um lacaniano. Assim como Lacan diz que o analista só se autoriza por si mesmo, a mensagem de Lenin é que um revolucionário *ne s'autorise que de lui-même*. Ou seja, em certo momento, é preciso assumir a responsabilidade pelo ato.

A politização lacaniana da ética, em termos da plena responsabilidade do sujeito pelo ato, também parece implicar que os atos éticos são atos Reais, na medida em que não dependem de um Outro simbólico. O Real, na política da ética, não é simplesmente um obstáculo supremo sobre o qual nada possamos fazer, mas se torna uma dimensão básica de qualquer ato emancipatório. Nesse sentido, não há também certa politização de nossa relação com o Real, uma politização que admite aberturas mais positivas do que as habitualmente associadas a Lacan?

A leitura usual do Real lacaniano é a de um obstáculo *a priori* transcendental, que é então erroneamente representado como um obstáculo externo contingente. Nessa visão, a impossibilidade do Real é entendida como sendo impossível ele acontecer. Essa é a visão anamórfica do Real, na qual se tem apenas aproximações secundárias, abordagens parciais etc.; o Real é a coisa central que não podemos abordar de forma direta. O ato sexual, como Real, significaria que ele nunca é plenamente a Coisa real; temos apenas atos parciais/incompletos. Essa visão do Real apresenta a teoria lacaniana como uma espécie de enaltecimento da falha: tudo que podemos fazer é falhar de maneira autêntica, e nunca poderemos chegar à Coisa em si.

Mas, como afirmo em *On belief*, não é esse o horizonte último do Real lacaniano e, de certo modo, o Real-como-impossível significa que ele acontece. Para Lacan, milagres acontecem, e *esse* é o Real lacaniano. O Real só é impossível no sentido de que não se pode simbolizá-lo nem aceitá-lo. Por exemplo, quando você faz uma loucura, como um ato heróico que contraria todos os seus interesses, é aí que o Real acontece – você não pode justificá-lo nem explicá-lo. Portanto, o Real lacaniano não é o Real-como-impossível no sentido de não poder acontecer, ou de nunca podermos deparar com ele (e esse aspecto também foi bem frisado por Alenca Zupančič). Não, ele acontece, mas é traumático demais para ser assumido. Pois bem, se lermos o Real-como-impossível nesse sentido básico de falha, isso significaria simplesmente, em termos kantianos, que nunca podemos ter certeza de que de fato fizemos a coisa real, de que foi de fato um ato livre. Como diz Kant, nunca podemos ter certeza de que qualquer um de nossos atos tenha sido realmente um ato ético. Há sempre uma suspeita de que o praticamos por razões patológicas; mesmo que você arrisque realmente sua vida, talvez você tenha uma fantasia narcísica sobre como seria admirado depois, e por aí vai. Portanto, nunca é possível ter certeza. Esse seria o Real-como-impossível, nesse sentido elementar.

Mas penso que o certo é justamente inverter isso. Ou seja, de fato fazemos a coisa real, praticamos o ato livre, mas o achamos traumático demais para aceitá-lo, razão por que gostamos de racionalizá-lo em termos simbólicos. Mas os atos reais efetivamente ocorrem. Isso também se liga à inversão kierkegaardiana dos seres humanos como doença-até-a-morte; o verdadeiro horror é, antes, eu ser imortal e tentar fugir disso. E, no idealismo alemão, foram Kant e, em especial, Schelling que disseram que a coisa mais terrível com que um ser humano pode deparar é esse abismo do livre-arbítrio, quando alguém age simplesmente por sua livre vontade. E isso é traumático demais para aceitar. Também convém inverter, seguindo essa linha, o medo do reducionismo biogenético. Em geral, consideramos terrível ser reduzidos a objetos biológica ou geneticamente condicionados, mas penso que a verdadeira angústia é causada pela consciência de havermos praticado um ato livre – isso é o mais difícil de aceitar.

Lacan não é esse tipo de poeta da falha. A coisa verdadeiramente traumática é que milagres – não no sentido religioso, mas no sentido de atos livres – acontecem, só que é muito difícil nos havermos com eles. É por isso que devemos rejeitar a idéia de uma poesia da falha. Para Lacan, o Real não é esse tipo de Coisa-em-si da qual não possamos nos aproximar; é, antes, a liberdade como um corte radical na textura da realidade.

Bibliografia
Principais obras de Slavoj Žižek

The sublime object of ideology (Londres, Verso, 1989).

"Beyond discourse analysis", em Laclau, E. *New reflections on the revolution of our time* (Londres, Verso, 1990).

For they know not what they do (Londres, Verso, 1991. Ed. bras. *Eles não sabem o que fazem: O sublime objeto da ideologia*, trad. Vera Ribeiro, Rio de Janeiro, Jorge Zahar, 1992).

Looking awry (Cambridge, Massachusetts, MIT Press, 1991).

Enjoy your symptom! (Londres, Routledge, 1992).

Tarrying with the negative (Durham, Carolina do Norte, Duke University Press, 1993).

The metastases of enjoyment (Londres, Verso, 1994).

The indivisible remainder: essays on Schelling and related matters (Londres, Verso, 1996).

The abyss of freedom (Michigan, University of Michigan Press, 1997).

The plague of fantasies (Londres, Verso, 1997).

The ticklish subject (Londres, Verso, 1999).

The fragile absolute (Londres, Verso, 2000).

Did somebody say totalitarianism? (Londres, Verso, 2001).

The fright of real tears: Krzystof Kieslowski (Londres, BFI, 2001).

On belief (Londres, Routledge, 2001).

Opera's second death (Londres, Routledge, 2001).

Welcome to the desert of the real (Londres, Verso, 2002. Ed. bras. *Bem-vindo ao deserto do Real!*, trad. Paulo Cezar Castanheira, São Paulo, Boitempo, 2003).

Bibliografia secundária

BUTLER, J.; LACLAU, E.; S. ŽIŽEK. *Contingency, hegemony, universality: Contemporary dialogues on the left* (Londres, Verso, 2000).

COPJEC, J. *Read my desire* (Cambridge, Massachusetts, MIT Press, 1994).

DALY, G. "Ideology and its paradoxes: Dimensions of fantasy and enjoyment". *Journal of Political Ideologies*, 4 (2), jun. 1999: 219-38.

EVANS, D. *An introductory dictionary of lacanian psychoanalysis* (Londres, Routledge, 1996).

FUKUYAMA, F. *The end of history and the last man* (Harmondsworth, Penguin, 1992. Ed. bras. *O fim da história e o último homem*, trad. Aulyde S. Rodrigues, Rio de Janeiro, Rocco, 1992).

GLYNOS, J. "The grip of ideology". *Journal of Political Ideologies*, 6 (2), junho de 2001: 191-214.

KAY, S. ŽIŽEK: *A critical introduction* (Cambridge, Polity, 2003).

LACAN, J. *The four fundamental concepts of psychoanalysis* (Harmondsworth, Penguin, 1960. Ed. bras. *O seminário, livro 11: Os quatro conceitos fundamentais da psicanálise*, trad. M. D. Magno, Rio de Janeiro, Jorge Zahar, 1979).

LACLAU, E.; MOUFFE, C. *Hegemony and socialist strategy* (Londres, Verso, 2001).

LEFORT, C. *Democracy and political theory* (Mineápolis, University of Minnesota Press, 1989).

RANCIÈRE, J. *Disagreement: politics and philosophy* (Mineápolis, University of Minnesota Press, 1999).

RORTY, R. *Contingency, irony and solidarity* (Cambridge, Cambridge University Press, 1989).

STAVRAKAKIS, J. *Lacan and the political* (Londres, Routledge, 1999).

WRIGHT, E.; WRIGHT, E. (ORGS.). *The Žižek reader* (Oxford, Blackwell, 1999).

ZUPANČIČ, A. *Ethics of the real* (Londres, Verso, 2000).

Índice remissivo

Agamben, G., 63, 130, 133
antagonismo, 94, 97-99, 102
Arendt, H., 157-158
Aristóteles, 37
autonomia, 115-116, 117-118, 123, 155-156, 163-164, 167

Badiou, A., 63, 133, 134, 159, 167, 168-169, 179, 195
Barthes, R., 127
Bentham, J., 163, 164
biogenética, 70, 115-118, 188-189
budismo, 121
Butler, J., 34, 60, 95

capital, 16-17
capitalismo global, 23-26, 180-185, 192
cognitivismo, 71-73, 77-78
consciência, 72-77
correção política, 24-146
Critchley, S., 61

Daves, D.: *Galante e sanguinário*, 134
  A árvore dos enforcados, 134
Deleuze, G., 55, 103-106, 120, 167, 175, 187
Derrida, J., 12, 40-41, 61-62
desconstrucionismo, 71, 132
digitalização, 189
Dolar, Mladen, 50, 54-55, 59, 169

Dreyfuss, H., 123
economia, 181-182
economicismo, 24
Eslovênia, 40, 51, 64, 68, 193
ética, 154-157, 200-203
  e política, 200-203
  utilitarista, 163
evento, 167-169

Fanon, F., 150
fantasia, 137-139, 172-173
faroeste, filmes norte-americanos de, 133
filosofia, 35-37, 68-71
Fincher, D.: *Clube da luta*, 147, 149, 150
Freud, S., 57, 79, 87
  ver também pulsão de morte
Fukuyama, F., 25, 196

globalização, 151-153, 191
  ver também capitalismo global
gozo, 137, 140-145, 154-155, 161, 162, 186
Gray, J., 102
Guattari, F., 104-105, 187

Habermas, J., 61-62, 115-117
Hegel, G. W. F., 58, 80-81, 112
Heidegger, M., 35, 37-38, 39-41, 63, 75, 78, 167-168

Hitchcock, A., 33
  Psicose [*Psycho*], 33
Horkheimer, M., 63, 154
Huntingdon, S., 196

idealismo alemão, 9, 79, 83, 112
ideologia, 18-20, 89-90, 93-94, 159, 164, 195, 199
islamismo, 197

jouissance: *ver* gozo

Kant, E., 36-38, 80, 154-156, 162-163, 204
Kierkegaard, S., 144-145, 146
Kubrick, S.: *De olhos bem fechados*, 137-148
Kusturica, E., 173

Lacan, J., 13, 54, 57, 60-61, 81, 84-86, 88-89, 93-94, 94-96, 102, 11, 113-114, 126-127, 140, 156, 162, 185, 201, 203-205
  objeto pequeno *a*, 10, 77, 108
  ver também Real, o
Laclau, E., 19, 22, 24, 27-28, 31, 55, 60, 98, 179, 184
Lefort, C., 31
Lenin, V. I., 65-66, 121-122, 202-203
Le Pen, M., 159
Lévinas, E., 62
Lévi-Strauss, C., 33
Lukács, G., 181

MacKinnon, C., 162
Margulis, Lynn, 170
marxismo, 24, 183
matriz edipiana, 106
Maturana, Humberto, 170
McDonald's, 151-152
Miller, J.-A., 46
Mouffe, C., 19, 22, 24, 27, 31, 98, 179
multiculturalismo, 151, 161, 178-179
  ver também tolerância; correção política

nacionalismo, 191-193
nazismo, 156, 158
Nietzsche, F. W.
  perspectiva do "último homem", 130-132, 134

Outro, o, 61, 114-115, 145-146, 151-153, 201, 202

Pinker, S., 75
política, Terceira Via, 28, 180
pós-estruturalismo, 60
pós-moderno, 178, 182
  e o impossível, 22
Práxis, grupo, 35
"propriedade intelectual", 26, 190
psicanálise, 9, 74, 76, 77, 78-79, 81-82, 166, 186
pulsão de morte, 9, 79, 83, 118, 166

Rancière, J., 31, 198
Real, o, 84-85, 94-95, 98-100, 101, 112, 119-120, 147-148, 185-186, 203-205
  dimensões do, 13
  ética do, 28-29
  imaginário, 99, 125, 127
realidade virtual, 131
Resnais, A., 33 *O ano passado em Marienbad*, 33
Rifkin, J., 189
Rorty, R., 25, 174

Sade, marquês de, 80, 154-156, 162-163
Schelling, F. W. J., 112, 204
Scorcese, M.: *A época da inocência*, 114
Singer, P., 174
Sociedade de Psicanálise Teórica, 48
"sociedade de risco", 135
Spielberg, S.: *O resgate do soldado Ryan*, 134
sujeito, o, 11-12, 101

teologia, 198
Terceira Via, *ver* política, Terceira Via
The sublime object, 53-54

tolerância, 146, 149-150, 151, 161, 174, 192
transcendentalismo, 84
tríade Real-Simbólico-Imaginário, 13, 16, 87-88, 186

universalismo, 25, 27, 197

Varela, Francisco, 170
verdade, 81, 83, 174-176
vitimologia, 174, 177-178

Wo es War, 54

Zupančič, A., 50, 54-55, 87, 169, 204

1ª edição Julho de 2006 | **1ª reimpressão** Dezembro de 2011
Diagramação Megaart Design | **Fonte** Palatino | **Papel** Ofsete Bahia Sul
Impressão e acabamento Corprint Gráfica e Editora Ltda.